水滸傳

冊六

施耐庵 著

北京聯合出版公司

第六十九回　東平府誤陷九紋龍　宋公明義釋雙槍將

打東平、東昌二篇，爲一書最後之筆，其文愈深，其事愈隱，讀者不可不察。何以言之？蓋梁山泊，晁蓋之業也，史文恭，晁蓋之仇也，活捉史文恭，便主梁山泊，則晁蓋之令也。遵晁蓋之令，而報晁蓋之仇，承晁蓋之業，誓箭在彼，明明未忘，宋江不得與盧俊義爭，斷斷如也。然而宋江且必有以爭之。如之何宋江且必有以爭之？弃晁蓋遺令，而別鬮東平、東昌二府借糧，則盧俊義更不得與宋江爭也，亦斷斷如矣。或曰：『二城之孰堅孰瑕，宋江未有擇也，是役之勝與不勝，宋江未有必也。何用知其必濟，何用知盧之必不濟？彼俱不濟無論，若幸而俱濟，則是梁山泊主又未定也。今子之言盧俊義必不得與宋江爭也，何故？』噫嘻，聞弦者賞音，讀書者論事，豈其難哉，豈其難哉！觀其分調衆人之時，而令吴用、公孫勝二人悉居盧之部下也，彼豈不曰惟二軍師實左右之，則功必易成，功必易成，是位終及之，庶幾有以不負天王之言，誠爲甚盛心也！乃我獨有以知吴與公孫之在盧之部下，猶其不在盧之部下也，吴與公孫雖不在宋之部下，而實在宋之部下也。蓋吴與公孫之在盧之部下，其外也。若其内，固曾不爲盧設一計也。若吴與公孫雖不在宋之部下，然而尺書可來，匹馬可去，借箸畫計，曾不遺力，則猶在帳中無以异也。且此岸上糧車，水中米船，而不出于吴用耶？陰雲布滿，黑霧遮天，而不出于公孫勝耶？夫誠不出于吴與公孫則已耳，終亦出于吴與公孫，而宋江未來，括囊以待，宋江一至，争鞭而效，此何意也？迹其前後，推其存心，亦幸而没羽箭難勝耳！不幸而使没羽箭者方且一鼓就擒，則彼吴用、公孫勝之二人者，詎不能從中掣肘，敗乃公事，于以徐俟宋江之來至哉！由斯以言，則是宋固必濟，盧固必不濟。盧俊義之終不得與宋江争也，斷斷如也。我故曰：打東平、東昌二篇，其文愈深，其事愈隱，讀者不可不察也。

此書每欲作重叠相犯之題，如二解越獄，史進又要越獄，是其類也。忽然以『月盡』二字，翻空造奇，夫然後知極窘蹙題，其中皆有無數异樣文字，人自無才不能洗發出來也。

刀槍劍戟如麻似火之中，偏能夾出董將軍求親一事，讀之使人又有一樣眼色。

話說宋江不負晁蓋遺言，要把主位讓與盧員外，衆人不服。宋江又道：『如此衆志不定，于心不安。目今山寨錢糧缺少，梁山泊東有兩個州府，却有錢糧。一處是東平府，一處是東昌府。我們自來不曾攪擾他那裏百姓。今去問他借糧，公然不肯。今寫下兩個鬮兒，我和盧員外各拈一處。如先打破城子的，便做梁山泊主。如何？』吴用道：『也好。聽從天命。』盧俊義道：『休如此説。祇是哥哥爲梁山泊之主，某聽從差遣。』此時不由盧俊義，當下便唤鐵面孔目裴宣寫下兩個鬮兒。焚香對天祈禱已罷，各拈一個。宋江拈着東平府，盧俊義拈着東昌府。衆皆無語。

當日設筵，飲酒中間，宋江傳令調撥人馬。宋江部下：林沖、花榮、劉唐、史進、徐寧、燕順、吕方、郭盛、韓滔、彭玘、孔明、孔亮、解珍、解寶、王矮虎、一丈青、張青、孫二娘、孫新、顧大嫂、石勇、鬱保四、王定六、段景住，大小頭領二十五員，馬步軍兵一萬，水軍頭領三員，阮小二、阮小五、阮小七，領水軍駕船接應。盧俊義部下：吴用、公孫勝、呼延灼、朱仝、雷横、索超、關勝、楊志、單廷珪、魏定國、宣贊、郝思文、燕青、楊林、歐鵬、凌振、馬麟、鄧飛、施恩、樊瑞、項充、李衮、時遷、白勝，大小頭領二十五員，馬步軍兵一萬，水軍頭領三員，李俊、童威、童猛，引水手駕船策應。其餘頭領并中傷者，看守寨柵。分俵已定。此是一時進兵，去打兩處州郡。

且説宋江與衆頭領去打東平府，盧俊義與衆頭領去打東昌府，衆多頭領各自下山。此是三月初一日的話。日暖風和，草青沙軟，正好厮殺。

却説宋江領兵前到東平府，離城祇有四十里路，地名安山鎮，扎住軍馬。宋江道：『東平府太守程萬里和一個兵馬都監，乃是河東上黨郡人氏。此人姓董名平，善使雙槍，人皆稱爲雙槍將。有萬夫不當之勇。雖然去打他城子，也和他通些禮數，差兩個人，賫一封戰書去那裏下。若肯歸降，免致動兵。若不聽從，那時大行殺戮，使人無怨。誰敢與我先去下書？』衹見部下走過一人，身長一丈，腰闊數圍。那人是誰？有詩爲證：

不好資財惟好義，貌似金剛離古寺。身長唤做險道神，此是青州鬱保四。

鬱保四道：『小人認得董平，情願賫書去下。』又見部下轉過一人，瘦小身材，叫道：『我幫他去。』那人是誰？有詩爲證：

蚱蜢頭尖光眼目，鷺鷥瘦腿全無肉。路遥行走疾如飛，揚子江邊王定六。

這兩個便道：『我們不曾與山寨中出得些氣力，今情願去走一遭。』宋江大喜，隨即寫了戰書與鬱保四、王定六兩個去下。書上衹説借糧一事。且説東平府程太守，聞知宋江起軍馬到了安山鎮住扎，便請本州兵馬都監雙槍將董平商議軍情重事。正坐間，門人報道：『宋江差人下戰書。』程太守教唤至。鬱保四、王定六當府廝見了，將書呈上。程萬里看罷來書，對董都監説道：『要借本府錢糧，此事如何？』董平聽了大怒，叫推出去即便斬首。程太守諫道：『不可！自古兩國争戰，不斬來使。于禮不當。衹將二人各打二十訊棍，發回原寨，看他如何？』董平怒氣未息，喝把鬱保四、王定六一索捆翻，打得皮開肉綻，推出城去。兩個回到大寨，哭告宋江説：『董平那廝無理，好生眇視大寨！』

宋江見打了兩個，怒氣填胸，便要平吞州郡。先叫鬱保四、王定六上車，回山將息。衹見九紋龍史進起身説道：『小弟舊在東平府時，與院子裏一個娼妓有染，唤做李瑞蘭，往來情熟。我如今多將些金銀，潛地入城，借他家裏安歇。約定時日，哥哥可打城池。衹等董平出來交戰，我便爬去更鼓樓上放起火來，裏應外合，可成大事。』宋江道：『最好！』史進隨即收拾金銀，安在包袱裏，身邊藏了暗器，拜辭起身。宋江道：『兄弟善覷方便。我且頓兵不動。』

且説史進轉入城中，徑到西瓦子李瑞蘭家。大伯見是史進，吃了一驚，接入裏面，叫女兒出來廝見。李瑞蘭生的甚是標格出塵。有詩爲證：

萬種風流不可當，梨花帶雨玉生香。翠禽啼醒羅浮夢，疑是梅花靚曉妝。

李瑞蘭引去樓上坐了，遂問史進道：『一向如何不見你頭影？聽的你在梁山泊做了大王，官司出榜捉你。這兩日街上亂哄哄地説宋江要來打城借糧，你如何却到這裏？』史進道：『我實不瞞你説：我如今在梁山泊做了頭領，不曾有功。如今哥哥要來打城借糧，我把你家備細説了。如今我特地來做細作，有一包金銀相送與你，切不可走透了消息。明日事完，一發帶你一家上山快活。』李瑞蘭葫蘆提應承，收了金銀，且安排些酒肉相待，却來和大娘商量道：『他往常做客時，是個好人，在我家出入不妨。如今他做了歹人，倘或事發，不是耍處。』大伯説道：『梁山泊宋江這伙好漢，不是好惹的。但打城池，無有不破。若還出了言語，他們有日打破城子入來，和我們不干罷！』虔婆便駡道：『老蠢物！你省得什麽人事！自古道：蜂刺入懷，解衣去趕。天下通例，自首者即免本罪。你快去東平府裏首告，拿了他去，省得日後負累不好。』李公道：『他把許多金銀與我家，不與他擔些干系，買我們做什麽？』虔婆駡道：『老畜生！你這般説，却似放屁！我這行院人家，坑陷了千千萬萬的人，豈争他一個！你若不去首告，我親自去衙前叫屈，和你也説在裏面！』李公道：『你不要性發，且教女兒款住他，休得打草驚蛇，吃他走了。待我去報與做公的，先來拿了，却去首告。』且説史進見這李瑞蘭上樓來，覺得面色紅白不定。史進便問道：『你家莫不有甚事，這般失驚打怪？』李瑞蘭道：『却才上胡梯踏了個空，争些兒吃了一跤，因此心慌撩亂。』史進雖是英勇，又吃他瞞過了，更不猜疑。有詩爲證：

可嘆虔婆伎倆多，粉頭無奈苦教唆。早知暗裏施奸狡，錯用黄金買笑歌。

當下李瑞蘭相叙間闊之情。争不過一個時辰，衹聽得胡梯邊脚步響，有人奔上來。窗外吶聲喊，數十個做公的搶到樓上。史進措手不及，正如鷹拿野雀，彈打斑鳩，把史進似抱頭獅子綁將下樓來，徑解到東平府裏廳上。

程太守看了大罵道：『你這廝膽包身體，怎敢獨自個來做細作！若不是李瑞蘭父親首告，誤了我一府良民。快招你的情由，宋江教你來怎地？』史進衹不言語。太守便道：『兩邊公吏獄卒牢子，這等賊骨頭，不打如何肯招！』程太守喝道：『與我加力打這廝！』又將冷水來噴，兩邊腿上各打一百大棍。史進由他拷打，不招實情。董平道：『且把這廝長枷木杻，送在死囚牢裏，等拿了宋江，一并解京施行。』

却說宋江自從史進去了，備細寫書與吳用知道。吳用看了宋公明來書，說史進去娼妓李瑞蘭家做細作，大驚。急與盧俊義說知，連夜來見宋江，問道：『誰叫史進去來？』宋江道：『他自願去。說這李行首是他舊日的表子，好生情重，因此前去。』吳用道：『兄長欠這些主張。若吳某在此，決不叫去。常言道：娼妓之家，諱「者扯丐漏走」五個字。得便熟閑，迎新送舊，陷了多少才人。更兼水性，無定準之意，縱有恩情，也難出虔婆之手。此人今去，必然吃虧。』宋江便問吳用請計。吳用便叫顧大嫂：『勞煩你去走一遭。可扮做貧婆，潛入城中，衹做求乞的。若有些動静，火急便回。若是史進陷在牢中，你可去告獄卒，衹說有舊情恩念，我要與他送一口飯。挨入牢中，暗與史進說知：「我們月盡夜黄昏前後，必來打城。你可就水火之處，安排脱身之計。」月盡夜，你就城中放火爲號。此間進兵方好成事。兄長可先打汶上縣，百姓必然都奔東平府。却叫顧大嫂雜在數內，乘勢入城，便無人知覺。』吳用設計已罷，上馬便回東昌府去了。宋江點起解珍、解寶，引五百餘人攻打汶上縣。果然百姓扶老挈幼，鼠竄狼奔，都奔東平府來。

却說顧大嫂頭髻蓬鬆，衣服藍縷，雜在衆人裏面，捵入城來，繞街求乞。到于衙前，打聽得果然史進陷在牢中，方知吳用智亮如神。次日，提着飯罐，衹在司獄司前往來伺候。見一個年老公人從牢裏出來，顧大嫂看着便拜，淚下如雨。那年老公人問道：『你這貧婆哭做什麽？』顧大嫂道：『牢中監的史大郎，是我舊的主人，自從離了，又早十年。衹說道在江湖上做買賣，不知爲甚事陷在牢裏。眼見得無人送飯，老身叫化得這一口兒飯，特要與他充飢。

哥哥怎生可憐見，引進則個，强如造七層寳塔。』那公人道：『他是梁山泊强人，犯着該死的罪。誰敢帶你入去。』顧大嫂道：『便是一刀一剮，自教他瞑目而受。衹可憐見引老身入去送這口兒飯，也顯得舊日之情。』說罷又哭。那老公人尋思道：『若是個男子漢，難帶他入去。一個婦人家有甚利害？』當時引顧大嫂直入牢中來，看見史進項帶沉枷，腰纏鐵索。史進見了顧大嫂，吃了一驚，則聲不得。顧大嫂一頭假啼哭，一頭喂飯。別的節級便來喝道：『這是該死的歹人！獄不通風，誰放你來送飯？即忙出去，饒你兩棍！』顧大嫂見監牢内人多，難說備細，衹說得：『月盡夜打城，叫你牢中自挣扎。』史進再要問時，顧大嫂被小節級打出牢門。史進衹記得『月盡夜』。

原來那個三月却是大盡。到二十九，史進在牢中與兩個節級說話，問道：『今朝是幾時？』那個小節級却錯記了，回說道：『今朝是月盡夜，晚些買貼孤魂紙來燒。』史進得了這話，巴不得晚。一個小節級吃的半醉，帶史進到水火坑邊。史進哄小節級道：『背後的是誰？』賺得他回頭，挣脱了枷。衹一枷梢，把那小節級面上正着一下，打倒在地。就拾磚頭敲開木杻，睁着鶻眼，搶到亭心裏。幾個公人都酒醉了，被史進迎頭打着，死的死了，走的走了。拔開牢門，衹等外面救應。又把牢中應有罪人盡數放了，總有五六十人，就在牢内發喊起來，一齊走了。有人報知太守。程萬里驚得面如土色，連忙便請兵馬都監商議。董平道：『城中必有細作，且差多人圍困了這賊！我却乘此機會，領軍出城去捉宋江。相公便緊守城池，差數十個人圍定牢門，休教走了。』董平上馬點軍去了。程太守便點起一應節級、虞候、押番，各執槍棒，去大牢前吶喊。史進在牢裏不敢輕出。外厢的人又不敢進去。顧大嫂衹叫得苦。

却說都監董平，點起兵馬，四更上馬，殺奔宋江寨來。伏路小軍報知宋江。宋江道：『此必是顧大嫂在城中又吃虧了。他既殺來，準備迎敵！』號令一下，諸軍都起。當時天色方明，却好接着董平軍馬，兩下擺開陣勢。董平出馬，真乃英雄蓋世，謀勇過人。有詩爲證：

兩面旗牌耀日月，簡銀鐵鎧似霜凝。水磨鳳翅頭盔白，錦綉麒麟戰襖青。一對白龍争上下，兩條銀蟒遞飛騰。河東英勇風流將，能使雙槍是董平。

原來董平心靈機巧，三教九流，無所不通，品竹調弦，無有不會。山東、河北皆號他爲風流雙槍將。宋江在陣前，看了董平這表人品，一見便喜。又見他箭壺中插一面小旗，上寫一聯道：『英勇雙槍將，風流萬户侯』。宋江隨即遣韓滔出馬迎敵。韓滔得令，手執鐵槊，直取董平。董平那對鐵槍，神出鬼没，人不可當。宋江再叫金槍手徐寧，仗鈎鐮槍前去交戰，替回韓滔。徐寧得令，飛馬便出，接住董平厮殺。兩個在征塵影裏，殺氣叢中，鬥到五十餘合，不分勝敗。交戰良久，宋江恐怕徐寧有失，便教鳴金收軍。徐寧勒馬回來。董平手舉雙槍，直追殺入陣來。宋江鞭梢一層，四下軍兵一齊圍住。宋江勒馬，上高阜處看望，衹見董平圍在陣內。他若投東，宋江便把號旗望東指，軍馬向東來圍他。他若投西，號旗便望西指，軍馬便向西來圍他。董平在陣中横衝直撞，兩枝槍，直殺到申牌已後，衝開條路，殺出去了。宋江不趕董平，驅兵大進。董平因見交戰不勝，當晚收軍回城去了。宋江連夜起兵，直抵城下，團團調兵圍住。顧大嫂在城中未敢放火，史進又不得出來，兩下拒住。

原來程太守有個女兒，十分有顔色。董平無妻，累累使人去求爲親，程萬里不允。因此日常間有些言和意不和。董平當晚領軍入城，其日，使個就裏的人，乘勢來問這頭親事。程太守回説：『我是文官，他是武官，相贅爲婿，正當其理。衹是如今賊寇臨城，事在危急，若還便許，被人耻笑。待得退了賊兵，保護城池無事，那時議親，未爲晚矣。』那人把這話却回復董平，董平雖是口裏應道：『説得是。』衹是心中躊躇，不十分歡喜。恐怕他日後不肯。這裏宋江連夜攻城得緊，太守催請出戰。董平大怒，披挂上馬，帶領三軍出城交戰。宋江親在陣前門旗下喝道：『量你這個寡將，怎敢當吾！豈不聞古人有言：大厦將傾，非一木可支。你看我手下雄兵十萬，猛將千員，替天行道，濟困扶危。早來就降，免受一死。』董平大怒，回道：『文面小吏，該死狂徒，怎敢亂言！』説罷，手舉雙槍，直奔宋江。左有林沖，右有花榮，兩將齊出，各使軍器，來戰董平。約鬥數合，兩將便走，宋江軍馬佯敗，四散而奔。董平要逞功勞，拍馬趕來。宋江等却好退到壽張縣界。宋江前面走，董平後面追。離城有十數里，前至一個村鎮，兩邊都是草屋，中間一條驛道。董平不知是計，衹顧縱馬趕來。宋江因見董平了得，隔夜已使王矮虎、一丈青、張青、孫二娘四個，帶一百餘人，先在草屋兩邊埋伏，却拴數條絆馬索在路上，又用薄土遮蓋，衹等來時鳴鑼爲號，絆馬索齊起，準備捉這董平。董平正趕之間，來到那裏，衹聽得背後孔明、孔亮大叫：『勿傷吾主！』恰好到草屋前，一聲鑼響，兩邊門扇齊開，拽起繩索。那馬却待回頭，背後絆馬索齊起，將馬絆倒，董平落馬。左邊撞出一丈青、王矮虎，右邊走出張青、孫二娘，一齊都上，把董平捉了。頭盔、衣甲、雙槍、衹馬，盡數奪了。兩個女頭領，將董平捉住，用麻繩背剪綁了。兩個女將各執鋼刀，監押董平來見宋江。

却説宋江過了草房，勒住馬，立在緑楊樹下，迎見這兩個女頭領解着董平。宋江隨即喝退兩個女將：『我教你去相請董將軍，誰教你們綁縛他來！』二女將喏喏而退。宋江慌忙下馬，自來解其繩索，便脱護甲錦袍與董平穿着，納頭便拜。董平慌忙答禮。宋江道：『倘蒙將軍不弃微賤，就爲山寨之主。』董平答道：『小將被擒之人，萬死猶輕。若得容恕安身，實爲萬幸！』宋江道：『敝寨地連水泊，素無擾害。今爲缺少糧食，特來東平府借糧，别無他意。』董平道：『程萬里那厮，原是童貫門下門館先生，得此美任，安得不害百姓。若是兄長肯容董平，今去賺開城門，殺入城中，共取錢糧，以爲報效。』宋江大喜，便令一行人將過盔甲槍馬，還了董平，披挂上馬。董平在前，宋江軍馬在後，卷起旗幡，都到東平城下。

董平軍馬在前，大叫：『城上快開城門！』把門軍士將火把照時，認得是董都監，隨即大開城門，放下吊橋。董平拍馬先入，砍斷鐵鎖。背後宋江等長驅人馬殺入城來。都到東平府裏。急傳將令，不許殺害百姓，放火燒人房屋。董平徑奔私衙，殺了程太守一家人口，奪了這女兒。宋江先叫開放大牢，救出史進。便開府庫，盡數取了金銀財帛，大開倉廒，裝載糧米上車，先使人護送去梁山泊金沙灘，交割與三阮頭領，接遞上山。史進自引人去西瓦子裏李瑞蘭家，把虔婆老幼，一門大小，碎尸萬段。宋江將太守家私，俵散居民，仍給沿街告示，曉諭百姓：『害民州官，已自殺戮。汝等良民，各安生理。』告示已罷，收拾回軍。

大小將校再到安山鎮，衹見白日鼠白勝飛奔前來，報說東昌府交戰之事。宋江聽罷，神眉剔竪，怪眼圓睜，大叫：『衆多兄弟，不要回山，且跟我來，再去這個去處降兵捉將！』正是：再施忠義輕舒手，復奪資儲錦綉城。

畢竟宋江再引軍馬投何處來，且聽下回分解。

第七十回　沒羽箭飛石打英雄　宋公明弃糧擒壯士

> 批詳前一回中。
>
> 古亦未聞有以石子臨敵者。自耐庵翻空出奇，忽然撰爲此篇，而遂令讀者之心頭眼底，真覺石子之來，星流電掣，水泊之人，鳥駭獸竄也。此豈耐庵亦以一部大書張皇一百餘人，實惟太甚，故于臨絶筆時，恣意擊打，以少殺其勢耶？
>
> 讀一部七十回，篇必謀篇，段必謀段，之後忽然結以如卷如掃，如馳如撒之文，真絶奇之章法也。
>
> 叙一百八人，而終之以皇甫相馬。嘻乎，妙哉！此《水滸》之所以作乎？夫支離臃腫之材，未必無舟車之用，而蹄嚙嘶喊之疾，未必非千里之力也。泥其外者，未必不金其裏；寵下之厮養，未必不能還王于异國也。惟賢宰相有破格之識賞，斯百年中有异常之報效，然而世無伯樂，賢愚同死，其尤駁者，乃遂走險，至于勢潰事裂，國家實受其禍，夫而後嘆吾真失之于牝牡驪黄之外也。嗟乎，不已晚哉！

話說宋江打了東平府，收軍回到安山鎮，正待要回山寨，衹見白勝前來報說：『盧俊義去打東昌府，連輸了兩陣。城中有個猛將，姓張名清，原是彰德府人，虎騎出身，善會飛石打人，百發百中，人呼爲沒羽箭。手下兩員副將：一個唤做花項虎龔旺，渾身上刺着虎斑，脖項上吞着虎頭，馬上會使飛槍；一個唤做中箭虎丁得孫，面頰連項都有疤痕，馬上會使飛叉。盧員外提兵臨境，一連十日，不出厮殺。前日張清出城交鋒，郝思文出馬迎敵，戰無數合，張清便走，郝思文趕去，被他額角上打中一石子，跌下馬來。却得燕青一弩箭，射中張清戰馬，因此救得郝思文性命，輸了一陣。次日，混世魔王樊瑞引項充、李衮，舞牌去迎，不期被丁得孫從肋窩裏飛出標叉，正中項充。因此又輸了一陣。二人現在船中養病。軍師特令小弟來請哥哥早去救應。』宋江見說了，嘆曰：『盧俊義直如此無緣！特地教吴學究、公孫勝幫他，衹想要他見陣成功，山寨中也好眉目，誰想又逢敵手。既然如此，我等衆弟兄引兵都去救應。』當時傳令，便起三軍。諸將上馬，跟隨宋江直到東昌境界。盧俊義等接着，具說前事，權且下寨。

正商議間，小軍來報：『沒羽箭張清搦戰。』宋江領衆便起，向平川曠野擺開陣勢。大小頭領一齊上馬，隨到門旗下。宋江在馬上看對陣時，陣排一字，旗分五色。三通鼓罷，沒羽箭張清出馬。怎生打扮？有一篇《水調歌》，贊張清的英勇：

頭巾掩映茜紅纓，狼腰猿臂體彪形。錦衣綉襖，袍中微露透深青。雕鞍側坐，青驄玉勒馬輕迎。葵花寶鐙，振響熟銅鈴。倒拖雉尾，飛走四蹄輕。金環搖動，飄飄玉蟒撒朱纓。錦袋石子，輕輕飛動似流星。不用強弓硬弩，何須打彈飛鈴。但着處，命歸空。東昌馬騎將，沒羽箭張清。

宋江在門旗下見了喝采。張清在馬上蕩起徵塵，往來馳走。門旗左邊閃出那個花項虎龔旺，右邊閃出這個中箭虎丁得孫。三騎馬來到陣前。張清手指宋江罵道：『水窪草賊，願決一陣！』宋江問道：『誰可去戰張清？』傍邊惱犯這個英雄，忿怒躍馬，手舞鈎鐮槍，出到陣前。宋江看時，乃是金槍手徐寧。宋江暗喜，便道：『此人正是對手！』徐寧飛馬直取張清，兩馬相交，雙槍并舉。鬥不到五合，張清便走，徐寧去趕。張清把左手虛提長槍，右手便向錦袋中摸出石子，扭回身，覷得徐寧面門較近，衹一石子，可憐悍勇徐寧，石子眉心早中，翻身落馬。龔旺、丁得孫便來捉人。宋江陣上人多，早有呂方、郭盛，兩騎馬，兩枝戟，救回本陣。宋江等大驚，盡皆失色。再問：『那個頭領接着厮殺？』宋江言未盡，馬後一將飛出。看時，却是錦毛虎燕順。宋江却待阻當，那騎馬已自去了。燕順接住張清，鬥無數合，遮攔不住，撥回馬便走。張清望後趕來，手取石子，看燕順後心一擲，打在鎧甲護鏡上，錚然有聲，伏鞍而走。宋江陣上一人大叫：『匹夫何足懼哉！』拍馬提槊飛出陣去。宋江看時，乃是百勝將韓滔，不打話便戰張清。兩馬方交，喊聲大舉。韓滔要在宋江面前顯能，抖擻精神，大戰張清。不到十合，張清便走。韓滔疑他飛石打來，不去追趕。張清回頭不見趕來，翻身勒馬便轉。韓滔却待挺槊來迎，被張清暗藏石子，手起，望韓滔鼻凹裏打中，衹見鮮血迸流，逃回本陣。彭玘見了大怒，『量這等小輩，何足懼哉！』不等宋公明將令，手舞三尖兩刃刀，飛馬直取張清。兩個未曾交馬，被張清暗藏石子在手，手起，正中彭玘面頰，丟了三尖兩刃刀，奔馬回陣。

宋江見輸了數將，心内驚惶，便要將軍馬收轉。衹見盧俊義背後一人大叫：『今日將威折了，來日怎地厮殺！且看石子打得我麽！』宋江看時，乃是醜郡馬宣贊，拍馬舞刀，直奔張清。張清便道：『一個來，一個走！兩個來，兩個逃！你知我飛石手段麽？』宣贊道：『你打得别人，怎近得我！』說言未了，張清手起一石子，正中宣贊嘴邊，翻身落馬。龔旺、丁得孫却待來捉，怎當宋江陣上人多，衆將救了回陣。

宋江見了，怒氣在心，掣劍在手，割袍爲誓：『我若不拿得此人，誓不回軍！』呼延灼見宋江說誓，便道：『兄長此言，要我們弟兄何用！』就拍踢雪烏騅，直臨陣前，大罵張清：『小兒得寵，一力一勇！認得大將呼延灼麽？』張清便道：『辱國敗將之人，也遭我毒手！』言未絶，一石子飛來。呼延灼見石子飛來，急把鞭來隔時，却中在手腕上。早着一下，便使不動鋼鞭，回歸本陣。

宋江道：『馬軍頭領，都被損傷。步軍頭領，誰敢捉這張清？』衹見部下劉唐手拈樸刀，挺身出陣。張清見了大笑，罵道：『你那敗將，馬軍尚且輸了，何况步卒！』劉唐大怒，徑奔張清。張清不戰，跑馬歸陣。劉唐趕去，人馬相迎。劉唐手疾，一樸刀砍去，却砍着張清戰馬。那馬後蹄直踢起來，劉唐面門上掃着馬尾，雙眼生花，早被張清衹一石子，打倒在地。急待挣扎，陣中走出軍來，橫拖倒拽，拿入陣中去了。宋江大叫：『那個去救劉唐？』衹見青面獸楊志便舞刀直取張清。張清虛把槍來迎。楊志一刀刺去，張清鐙裏藏身，楊志却砍了個空。張清手拿石子，喝聲道：『着！』石子從肋羅裏飛將過去。張清又一石子，錚的打在盔上，嚇得楊志膽喪心寒，伏鞍歸陣。宋江看了，轉轉尋思：『若是今番輸了銳氣，怎生回梁山泊！誰與我出得這口氣？』

朱仝聽得，目視雷橫說道：『捉了劉唐去，却值甚的！一個不濟事，我兩個同去夾攻。』朱仝居左，雷橫居右，兩條樸刀，殺出陣前。張清笑道：『一個不濟，又添一個！由你十個，更待如何！』全無懼色。在馬上藏兩個石子在手。雷横先到，張清手起，勢如招寶七郎，石子來時，面門上怎生躲避，急待抬頭看時，額上早中一石子，撲然倒地。朱仝急來快救，脖項上又一石子打着。關勝在陣上看見中傷，大挺神威，輪起青龍刀，縱開赤兔馬，來救朱仝、雷横。剛搶得兩個奔走還陣，張清又一石子打來。關勝急把刀一隔，正打着刀口，迸出火光。關勝無心戀戰，勒馬便回。

雙槍將董平見了，心中暗忖：『吾今新降宋江，若不顯我些武藝，上山去必無光彩。』手提雙槍，飛馬出陣。張清看見，大罵董平：『我和你鄰近州府，唇齒之邦，共同滅賊，正當其理。你今緣何反背朝廷？豈不自羞！』董平大怒，直取張清。兩馬相交，軍器并舉。兩條槍陣上交加，四雙臂環中撩亂。約鬥五七合，張清撥馬便走。董平道：『别人中你石子，怎近得我！』張清帶住槍杆，去錦袋中摸出一個石子，手起處真如流星掣電，石子來嚇得鬼哭神驚。董平眼捷手快，撥過了石子。張清見打不着，再取第二個石子，又打將去，董平又閃過了。兩個石子打不着，張清却早心慌。那馬尾相銜，張清走到陣門左側，董平望後心刺一槍來。張清一閃，鐙裏藏身，董平却搠了空，那條槍却搠將過來。董平的馬和張清的馬兩廝并着。張清便撇了槍，雙手把董平和槍連臂膊衹一拖，却拖不動。兩個攪做一塊。

宋江陣上索超望見，掄動大斧，便來解救。對陣龔旺、丁得孫兩騎馬齊出，截住索超厮殺。張清、董平又分拆不開。索超、龔旺、丁得孫三匹馬攪做一團。林沖、花榮、吕方、郭盛四將，一齊盡出，兩條槍、兩枝戟來救董平、索超。張清見不是頭，弃了董平，跑馬入陣。董平不捨，直撞入去，却忘了提備石子。張清見董平追來，暗藏石子在手，待他馬近，喝聲道：『着！』董平急躲，那石子抹耳根上擦過去了。董平便回。索超撇了龔旺、丁得孫，也趕入陣來。張清停住槍，輕取石子，望索超打來。索超急躲不迭，打在臉上，鮮血迸流，提斧回陣。

却説林沖、花榮把龔旺截住在一邊，吕方、郭盛把丁得孫也截住在一邊。龔旺心慌，便把飛槍摽將來，却摽不着花榮、林沖。龔旺先没了軍器，被林沖、花榮活捉歸陣。這邊丁得孫不敢弃叉，死命抵敵吕方、郭盛，不提防浪子燕青在陣門裏看見，暗忖道：『我這裏被他片時連打了一十五員大將！』手中弃了杆棒，身邊取出弩弓，搭上弦，放一箭去，一聲響，正中了丁得孫馬蹄，那馬便倒，却被吕方、郭盛捉過陣來。張清要來救時，寡不敵衆，衹得拿了劉唐，且回東昌府去。太守在城上看見張清前後打了梁山泊一十五員大將，雖然折了龔旺、丁得孫，也拿得這個劉唐。回到州衙，先把劉唐長枷送獄，却再商議。

且説宋江收軍回寨，把龔旺、丁得孫先送上梁山泊。宋江再與盧俊義、吴用道：『我聞五代時，大梁王彦章，日不移影，連打唐將三十六員。今日張清無一時連打我一十五員大將，真是不在此人之下，也當是個猛將。』衆人無語。宋江又道：『我看此人，全仗龔旺、丁得孫爲羽翼。如今手足羽翼被擒，可用良策捉獲此人。』吴用道：『兄長放心。小生見了此將出没，已自安排定了。雖然如此，且把中傷頭領送回山寨，却教魯智深、武松、孫立、黄信、李立，盡數引領水軍，安排車仗船隻，水陸并進，船騎相迎，賺出張清，便成大事。』吴用分撥已定。

再説張清在城内與太守商議道：『雖是贏得，賊勢根本未除，暗使人去探聽虚實，却作道理。』衹見探事人來回報：『寨後西北上，不知那裏將許多糧米，有百十輛車子，河内又有糧草船，大小約有五百餘隻。水陸并進，船馬同來。沿路有幾頭領監管。』太守道：『這厮們莫非有計？恐遭他毒手。再差人去打聽，端的果是糧草也不是。』次日，小軍回報説：『車上都是糧，尚且撒下米來。水中船隻，雖是遮蓋着，盡有米布袋露出將來。』張清道：『今晚出城，先截岸上車子，後去取他水中船衹。太守助戰，一鼓而得。』太守道：『此計甚妙，衹可善覷方便。』叫軍漢飽餐酒食，盡行披挂，捎馱錦袋。張清手執長槍，引一千軍兵，悄悄地出城。

是夜月色微明，星光滿天。行不到十里，望見一簇車子，旗上明寫『水滸寨忠義糧』。張清看了，見魯智深擔着禪杖，皂直裰拽扎起來，當頭先走。張清道：『這秃驢腦袋上着我一下石子！』魯智深擔着禪杖，此時自望見了，衹做不知，

大踏步祇顧走，却忘了提防他石子。正走之間，張清在馬上喝聲：『着！』一石子正飛在魯智深頭上，打得鮮血迸流，望後便倒。張清軍馬一齊吶喊，都搶將來。武松急挺兩口戒刀，死去救回魯智深，撇了糧車便走。張清奪得糧車，見果是糧米，心中歡喜，不來追趕魯智深，且押送糧車，推入城來。太守見了大喜，自行收管。張清道：『再搶河中糧船。』太守道：『將軍善覷方便。』

張清上馬，轉到南門。此時望見河港内糧船不計其數。張清便叫開城門，一齊吶喊，搶到河邊。祇見陰雲布滿，黑霧遮天，馬步軍兵回頭看時，你我對面不見。此是公孫勝行持道法。張清看見，心慌眼暗，却待要回，進退無路。四下裏喊聲亂起，正不知軍兵從那裏來。林沖引鐵騎軍兵，將張清連人和馬都趕下水去了。河内却是李俊、張橫、張順、三阮、兩童八個水軍頭領，一字兒擺在那裏。張清便有三頭六臂，也怎生掙扎得脱。被阮氏三雄捉住，繩纏索綁，送入寨中。水軍頭領飛報宋江。吴用便催大小頭領連夜打城。太守獨自一個怎生支持得住。聽得城外四面炮響，城門開了，嚇得太守無路可逃。宋江軍馬殺入城中，先救了劉唐。次後便開倉庫，就將錢糧一分發送梁山泊，一分給散居民。太守平日清廉，饒了不殺。

宋江等都在州衙裏聚集，衆人會面。祇見水軍頭領早把張清解來。衆多兄弟都被他打傷，咬牙切齒，盡要來殺張清。宋江見解將來，親自直下堂階迎接，便陪話道：『誤犯虎威，請勿挂意。』邀上廳來。説言未了，祇見階下魯智深，使手帕包着頭，拿着鐵禪杖，徑奔來要打張清。宋江隔住，連聲喝退：『怎肯教你下手！』張清見宋江如此義氣，叩頭下拜受降。宋江取酒奠地，折箭爲誓：『衆弟兄若要如此報仇，皇天不佑，死于刀劍之下。』衆人聽了，誰敢再言。也是天罡星合當聚會，自然義氣相投。宋江在東昌府州衙堂上折箭盟誓已罷，『衆弟兄勿得傷情！』衆皆大笑，人各聽令，盡皆歡喜。收拾軍馬，都要回山。

祇見張清在宋公明面前舉薦：『東昌府一個獸醫，復姓皇甫，名端。此人善能相馬，知得頭口寒暑病癥，下藥用針，無不痊可，真有伯樂之才。原是幽州人氏。爲他碧眼黃鬚，貌若番人，以此人稱爲紫髯伯。梁山泊亦有用他處。可喚此人帶引妻小，一同上山。乞取鈞旨。』宋江聞言大喜：『我雖在中原，不曉其理。若果皇甫端肯去相聚，大稱予懷。』張清見宋江相愛甚厚，隨即便去喚到獸醫皇甫端來，拜見宋江并衆頭領。大小衆將看了，盡皆歡喜。有篇七言古風詩，道皇甫端醫術：

傳家藝術無人敵，安驥年來有神力。回生起死妙難言，拯憊扶危更多益。鄂公烏騅人盡誇，郭公騧騂來渥洼。吐蕃棗騮號神駿，北地又羨拳毛騧。騰驤駃騠皆經見，銜橛背鞍亦多變。天閑十二舊馳名，手到病除能應驗。古人已往名不刊，祇今又見皇甫端。解治四百零八病，雙瞳炯炯珠走盤。天集忠良真有意，張清鶚薦誠良計。梁山泊内添一人，號名紫髯伯樂裔。

宋江看了皇甫端一表非俗，碧眼重瞳，虬鬚過腹。皇甫端見了宋江如此義氣，心中甚喜，願從大義。宋江大喜。撫諭已了，傳下號令，諸多頭領，收拾車仗，糧食，金銀，一齊進發。把這兩府錢糧，運回山寨。前後諸軍都起，于路無話。早回到梁山泊忠義堂上。宋江叫放出龔旺、丁得孫來，亦用好言撫慰。二人叩首拜降。又添了皇甫端，在山寨專工醫獸。董平、張清亦爲山寨頭領。宋江歡喜，忙叫排宴慶賀。都在忠義堂上，各依次席而坐。宋江看了衆多頭領，却好一百單八員。宋江開言說道：『我等弟兄，自從上山相聚，但到處并無疏失，皆是上天護佑，非人之能。今來扶我爲尊，皆托衆弟兄英勇。一者合當聚義，二乃我再有句言語，煩你衆兄弟共聽。』吳用便道：『願請兄長約束，共聽號令。』宋江對着衆頭領，開口說道個主意下來。正是，有分教：三十六天罡臨化地，七十二地煞鬧中原。

畢竟宋公明說出什麽主意，且聽下回分解。

第七十一回　忠義堂石碣受天文　梁山泊英雄排座次

話說宋公明一打東平，兩打東昌，回歸山寨忠義堂上，計點大小頭領共有一百八員，心中大喜，遂對衆兄弟道：『宋江自從鬧了江州，上山之後，皆賴托衆弟兄英雄扶助，立我爲頭。今者共聚得一百八員頭領，心中甚喜。自從晁蓋哥哥歸天之後，但引兵馬下山，公然保全，此是上天護佑，非人之能。縱有被擄之人，陷于縲紲，或是中傷回來，且都無事。被擒捉者，俱得天佑，非我等衆人之能也。今者一百八人，皆在面前聚會，端的古往今來，實爲罕有！如今兵刃到處，殺害生靈，無可禳謝大罪。我心中欲建一羅天大醮，報答天地神明眷佑之恩。一則祈保衆兄弟身心安樂；二則惟願朝廷早降恩光，赦免逆天大罪，衆當竭力捐軀，盡忠報國，死而後已；三則上薦晁天王早生仙界，世世生生，再得相見。就行超度横亡惡死，火燒水溺，一應無辜被害之人，俱得善道。我欲行此一事，未知衆弟兄意下若何？』

衆頭領都稱道：『此是善果好事，哥哥主見不差。』吳用便道：『先請公孫勝一清主行醮事，然後令人下山，四邊邀請得道高士，就帶醮器赴寨。仍使人收買一應香燭紙馬，花果祭儀，素饌净食，并合用一應物件。』商議選定四月十五日爲始，七晝夜好事。山寨廣施錢財，督并幹辦。日期已近，向那忠義堂前，挂起長幡四首。堂上扎縛三層高臺。堂内鋪設七寶三清聖像。兩班設二十八宿，十二宮辰，一切主醮星官真宰。堂外仍設監壇崔、盧、鄧、竇神將。擺列已定，設放醮器齊備。請到道衆，連公孫勝共是四十九員。是日晴明的好，天和氣朗，月白風清。宋江、盧俊義爲首，吳用與衆頭領爲次拈香，公孫勝作高功，主行齋事，關發一應文書符命，不在話下。當日醮筵，但見：

香騰瑞靄，花簇錦屏。一千條畫燭流光，數百盞銀燈散彩。對對高張羽蓋，重重密布幢幡。風清三界步虛聲，月冷九天垂沆瀣。金鐘撞處，高功表進奏虛皇；玉佩鳴時，都講登壇朝玉帝。絳綃衣星辰燦爛，芙蓉冠金碧交加。

監壇神將猙獰，直日功曹勇猛。道士齊宣寶懺，上瑤臺酌水獻花；真人密誦靈章，按法劍踏罡布斗。青龍隱隱來黃道，白鶴翩翩下紫宸。

當日公孫勝與那四十八員道衆，都在忠義堂上做醮，每日三朝，至第七日滿散。宋江要求上天報應，特教公孫勝專拜青詞，奏聞天帝，每日三朝。却好至第七日三更時分，公孫勝在虛皇壇第一層，衆道士在第二層，宋江等衆頭領在第三層，衆小頭目并將校都在壇下，衆皆懇求上蒼，務要拜求報應。是夜三更時候，祇聽得天上一聲響，如裂帛相似，正是西北乾方天門上。衆人看時，直竪金盤，兩頭尖，中間闊，又唤做天門開，又唤做天眼開。裏面毫光射人眼目，霞彩繚繞，從中間卷出一塊火來，如栲栳之形，直滚下虛皇壇來。那團火繞壇滚了一遭，竟攢入正南地下去了。此時天眼已合，衆道士下壇來。宋江隨即叫人將鐵鍬鋤頭掘開泥土，跟尋火塊。那地下掘不到三尺深淺，祇見一個石碣，正面兩側各有天書文字。有詩爲證：

蕊笈瓊書定有無，天門開闔亦胡塗。滑稽誰造豐亨論？至理昭昭敢厚誣。

當下宋江且教化紙滿散，平明，齋衆道士，各贈與金帛之物，以充襯資。方才取過石碣看時，上面乃是龍章鳳篆蝌蚪之書，人皆不識。衆道士内有一人，姓何，法諱玄通，對宋江説道：『小道家間祖上留下一册文書，專能辨驗天書。那上面自古都是蝌蚪文字，以此貧道善能辨認。譯將出來，便知端的。』宋江聽了大喜，連忙捧過石碣，教何道士看了，良久説道：『此石都是義士大名，鎸在上面。側首一邊是「替天行道」四字，一邊是「忠義雙全」四字。頂上皆有星辰南北二斗，下面却是尊號。若不見責，當以從頭一一敷宣。』宋江道：『幸得高士指迷，拜謝不淺！若蒙先生見教，實感大德！唯恐上天見責之言，請勿藏匿，萬望盡情剖露，休遺片言。』宋江唤過聖手書生蕭讓，用黄紙謄寫。何道士乃言：『前面有天書三十六行，皆是天罡星。背後也有天書七十二行，皆是地煞星。下面注着衆義士的姓名。』觀看良久，教蕭讓從頭至後，盡數抄謄。

石碣前面書梁山泊天罡星三十六員：

天魁星呼保義宋江　天罡星玉麒麟盧俊義　天機星智多星吴用
天閑星入雲龍公孫勝　天勇星大刀關勝　天雄星豹子頭林沖
天猛星霹靂火秦明　天威星雙鞭呼延灼　天英星小李廣花榮
天貴星小旋風柴進　天富星撲天雕李應　天滿星美髯公朱仝
天孤星花和尚魯智深　天傷星行者武松　天立星雙槍將董平
天捷星没羽箭張清　天暗星青面獸楊志　天祐星金槍手徐寧
天空星急先鋒索超　天速星神行太保戴宗　天异星赤髮鬼劉唐
天殺星黑旋風李逵　天微星九紋龍史進　天究星没遮攔穆弘
天退星插翅虎雷横　天壽星混江龍李俊　天劍星立地太歲阮小二
天竟星船火兒張横　天罪星短命二郎阮小五　天損星浪裏白條張順
天敗星活閻羅阮小七　天牢星病關索楊雄　天慧星拼命三郎石秀
天暴星兩頭蛇解珍　天哭星雙尾蝎解寶　天巧星浪子燕青

石碣背面書地煞星七十二員：

地魁星神機軍師朱武　地煞星鎮三山黄信　地勇星病尉遲孫立
地杰星醜郡馬宣贊　地雄星井木犴郝思文　地威星百勝將韓滔
地英星天目將彭玘　地奇星聖水將單廷珪　地猛星神火將魏定國
地文星聖手書生蕭讓　地正星鐵面孔目裴宣　地闊星摩雲金翅歐鵬

地闔星火眼狻猊鄧飛　地強星錦毛虎燕順　地暗星錦豹子楊林
地軸星轟天雷凌振　地會星神算子蔣敬　地佐星小溫侯呂方
地佑星賽仁貴郭盛　地靈星神醫安道全　地獸星紫髯伯皇甫端
地微星矮脚虎王英　地慧星一丈青扈三娘　地暴星喪門神鮑旭
地然星混世魔王樊瑞　地猖星毛頭星孔明　地狂星獨火星孔亮
地飛星八臂那吒項充　地走星飛天大聖李袞　地巧星玉臂匠金大堅
地明星鐵笛仙馬麟　地進星出洞蛟童威　地退星翻江蜃童猛
地滿星玉幡竿孟康　地遂星通臂猿侯健　地周星跳澗虎陳達
地隱星白花蛇楊春　地异星白面郎君鄭天壽　地理星九尾龜陶宗旺
地俊星鐵扇子宋清　地樂星鐵叫子樂和　地捷星花項虎龔旺
地速星中箭虎丁得孫　地鎮星小遮攔穆春　地嵇星操刀鬼曹正
地魔星雲裏金剛宋萬　地妖星摸着天杜遷　地幽星病大蟲薛永
地伏星金眼彪施恩　地僻星打虎將李忠　地空星小霸王周通
地孤星金錢豹子湯隆　地全星鬼臉兒杜興　地短星出林龍鄒淵
地角星獨角龍鄒潤　地囚星旱地忽律朱貴　地藏星笑面虎朱富
地平星鐵臂膊蔡福　地損星一枝花蔡慶　地奴星催命判官李立
地察星青眼虎李雲　地惡星沒面目焦挺　地醜星石將軍石勇
地數星小尉遲孫新　地陰星母大蟲顧大嫂　地刑星菜園子張青
地壯星母夜叉孫二娘　地劣星霍閃婆王定六　地健星險道神郁保四
地耗星白日鼠白勝　地賊星鼓上蚤時遷　地狗星金毛犬段景住

當時何道士辨驗天書，教蕭讓寫録出來。讀罷，衆人看了，俱驚訝不已。宋江與衆頭領道：『鄙猥小吏，原來上應星魁。衆多弟兄，也原來都是一會之人。今者上天顯應，合當聚義。今已數足，上蒼分定位數，爲大小二等。天罡、地煞星辰，都已分定次序。衆頭領各守其位，各休争執，不可逆了天言。』衆人皆道：『天地之意，物理數定，誰敢違拗！』宋江遂取黄金五十兩酬謝何道士。其餘道衆，收得經資，收拾醮器，四散下山去了。有詩爲證：

忠義堂前啓道場，敬伸丹悃醮虚皇。精誠感得天書降，鳳篆龍章仔細詳。
月明風冷醮壇深，鸞鶴空中送好音。地煞天罡排姓字，激昂忠義一生心。

且不説衆道士回家去了，祇説宋江與軍師吴學究、朱武等計議。堂上要立一面牌額，大書『忠義堂』三字。斷金亭也换個大牌扁。前面册立三關。忠義堂後建築雁臺一座，頂上正面大廳一所，東西各設兩房。正廳供養晁天王靈位。東邊房内，宋江、吴用、吕方、郭盛；西邊房内，盧俊義、公孫勝、孔明、孔亮。第二坡左一帶房内，朱武、黄信、孫立、蕭讓、裴宣；右一帶房内，戴宗、燕青、張清、安道全、皇甫端。忠義堂左邊，掌管錢糧倉廒收放，柴進、李應、蔣敬、凌振；右邊花榮、樊瑞、項充、李袞。山前南路第一關，解珍、解寶守把；第二關，魯智深、武松守把；第三關，朱仝、雷横守把。東山一關，史進、劉唐守把；西山一關，楊雄、石秀守把；北山一關，穆弘、李逵守把。六關之外置立八寨，有四旱寨，四水寨。正南旱寨，秦明、索超、歐鵬、鄧飛；正東旱寨，關勝、徐寧、宣贊、郝思文；正西旱寨，林沖、董平、單廷珪、魏定國；正北旱寨，呼延灼、楊志、韓滔、彭玘。東南水寨，李俊、阮小二；西南水寨，張横、張順；東北水寨，阮小五、童威；西北水寨，阮小七、童猛。其餘各有執事。從新置立旌旗等項。山頂上立一面杏黄旗，上書『替天行道』四字。忠義堂前綉字紅旗二面：一書『山東呼保義』，一書『河北玉麒麟』。外設飛龍飛虎旗，飛熊飛豹旗，青龍白虎旗，朱雀玄武旗，黃鉞白旄，青幡皂蓋，緋纓黑纛。中軍器械外，又有四斗五方旗，三才九曜旗，二十八宿旗，六十四卦旗，周天九宮八卦旗，一百二十四面鎮天旗。盡是侯健制造。金大堅鑄造兵符印信。一切完備。選定吉日良時，殺牛宰馬，祭獻天地神明。挂上『忠義堂』『斷金亭』牌額，立起『替天行道』杏黃旗。

宋江當日大設筵宴，親捧兵符印信，頒布號令：『諸多大小兄弟，各各管領，悉宜遵守，毋得違誤，有傷義氣。如有故違不遵者，定依軍法治之，決不輕恕。

計開：

梁山泊總兵都頭領二員：呼保義宋江　玉麒麟盧俊義

梁山泊掌管機密軍師二員：智多星吳用　入雲龍公孫勝

梁山泊掌管錢糧頭領二員：小旋風柴進　撲天雕李應

馬軍五虎將五員：大刀關勝　豹子頭林沖　霹靂火秦明　雙鞭呼延灼　雙槍將董平

馬軍八驃騎兼先鋒使八員：

小李廣花榮　金槍手徐寧　青面獸楊志

急先鋒索超　沒羽箭張清　美髯公朱仝

九紋龍史進　沒遮攔穆弘

馬軍小彪將兼遠探出哨頭領一十六員：

鎮三山黃信　病尉遲孫立　醜郡馬宣贊　井木犴郝思文

百勝將韓滔　天目將彭玘　聖水將單廷珪　神火將魏定國

摩雲金翅歐鵬　火眼狻猊鄧飛　錦毛虎燕順　鐵笛仙馬麟

跳澗虎陳達　白花蛇楊春　錦豹子楊林　小霸王周通

步軍頭領一十員：

花和尚魯智深　行者武松　赤髮鬼劉唐　插翅虎雷橫　黑旋風李逵

浪子燕青　病關索楊雄　拼命三郎石秀　兩頭蛇解珍　雙尾蝎解寶

步軍將校一十七員：

混世魔王樊瑞　喪門神鮑旭　八臂那吒項充　飛天大聖李袞

病大蟲薛永　金眼彪施恩　小遮攔穆春　打虎將李忠

白面郎君鄭天壽　雲裏金剛宋萬　摸着天杜遷　出林龍鄒淵

獨角龍鄒潤　花項虎龔旺　中箭虎丁得孫　沒面目焦挺

石將軍石勇

梁山泊四寨水軍頭領八員：

混江龍李俊　船火兒張橫　浪裏白跳張順　立地太歲阮小二

短命二郎阮小五　活閻羅阮小七　出洞蛟童威　翻江蜃童猛

梁山泊四店打聽聲息，邀接來賓頭領八員：

東山酒店：小尉遲孫新　母大蟲顧大嫂

西山酒店：菜園子張青　母夜叉孫二娘

南山酒店：旱地忽律朱貴　鬼臉兒杜興

北山酒店：催命判官李立　霍閃婆王定六

梁山泊總探聲息頭領一員：
神行太保戴宗
梁山泊軍中走報機密步軍頭領四員：
鐵叫子樂和　鼓上蚤時遷　金毛犬段景住　白日鼠白勝
守護中軍馬軍驍將二員：
小温侯吕方　賽仁貴郭盛
守護中軍步軍驍將二員：
毛頭星孔明　獨火星孔亮
梁山泊專掌行刑劊子二員：
鐵臂膊蔡福　一枝花蔡慶
專掌三軍内探事馬軍頭領二員：
矮脚虎王英　一丈青扈三娘
梁山泊一同參贊軍務頭領一員：
神機軍師朱武
梁山泊掌管監造諸事頭領一十六員：
掌管行文走檄調兵遣將一員　聖手書生蕭讓
掌管定功賞罰軍政司一員　鐵面孔目裴宣
掌管考算錢糧支出納入一員　神算子蔣敬
掌管專工監造大小戰船一員　玉幡竿孟康
掌管專造一應兵符印信一員　玉臂匠金大堅
掌管專造一應旌旗袍襖一員　通臂猿侯健
掌管專攻醫獸一應馬匹一員　紫髯伯皇甫端
掌管專治諸疾内外科醫士一員　神醫安道全
掌管監督打造一應軍器鐵甲一員　金錢豹子湯隆
掌管專造一應大小號炮一員　轟天雷凌振
掌管專一起造修緝房捨一員　青眼虎李雲
掌管專一屠宰牛馬猪羊牲口一員　操刀鬼曹正
掌管專一排設筵宴一員　鐵扇子宋清
掌管監造供應一切酒醋一員　笑面虎朱富
掌管專一築梁山泊一應城垣一員　九尾龜陶宗旺
掌管專一把捧帥字旗一員　險道神鬱保四
宣和二年孟夏四月吉旦，梁山泊大聚會，分調人員告示。」
當日梁山泊宋公明傳令已了，分調衆頭領已定，各各領了兵符印信，筵宴已畢，人皆大醉，衆頭領各歸所撥寨分。中間有未定執事者，都于雁臺前後駐扎聽調。有篇言語單道梁山泊的好處。怎見得？
山分八寨，旗列五方。交情渾似股肱，義氣真同骨肉。斷金亭上，高懸石緑之碑；忠義堂前，特扁金書之額。總兵主將，山東豪杰宋公明；協贊軍權，河北英雄盧俊義。施謀運計，吴加亮號智多星；唤雨呼風，入雲龍是公孫勝。五虎將英雄猛烈，八驃騎悍勇當先。馬步將軍，弓箭槍刀遮路；水軍將校，艨艟戰艦相連。八寨軍兵，守護山頭港泊；四方酒肆，招邀遠路來賓。掌管錢糧，廉幹李應柴進；總馳飛報，太保神行戴宗。飛符走檄，蕭讓是聖手書生；定賞行刑，裴宣爲鐵面孔目。神算須還蔣敬，造船原有孟康。金大堅置印信兵符，通臂猿造衣袍鎧甲。皇甫端專攻醫獸，安道全惟務救人。打軍器須是湯隆，造炮石全憑凌振。修緝房捨，李雲善布碧瓦朱甍；屠宰猪羊，曹正慣習挑筋剔骨。宋清安排筵宴，朱富醞造香醪。陶宗旺築補城垣，鬱保四護持旌節。人人戮力，個個同心。休言嘯聚山林，真可圖王伯業。列兩副仗義疏財金字障，竪一面替天行道杏黄旗。

梁山泊忠義堂上，號令已定，各各遵守。宋江揀了吉日良時，焚一爐香，鳴鼓聚衆，都到堂上。宋江對衆道：『今非昔比，我有片言。今日既是天罡地曜相會，必須對天盟誓，各無异心，死生相托，吉凶相救，患難相扶，一同保國安民。』衆皆大喜。各人拈香已罷，一齊跪在堂上。宋江爲首誓曰：『宋江鄙猥小吏，無學無能，荷天地之蓋載，感日月之照臨，聚弟兄于梁山，結英雄于水泊。共一百八人，上符天數，下合人心。自今已後，若是各人存心不仁，削絶大義，萬望天地行誅，神人共戮，萬世不得人身，億載永沉末劫。但願共存忠義于心，同着功勛于國，替天行道，保境安民。神天察鑒，報應昭彰。』誓畢，衆皆同聲共願，但願生生相會，世世相逢，永無斷阻。當日歃血誓盟，盡醉方散。看官聽説：這裏方才是梁山泊大聚義處。起頭分撥已定，話不重言。

原來泊子裏好漢，但閑便下山，或帶人馬，或衹是數個頭領，各自取路去。途次中若是客商車輛人馬，任從經過；若是上任官員，箱裏搜出金銀來時，全家不留。所得之物，解送山寨，納庫公用；其餘些小，就便分了。折莫便是百十里、三二百里，若有錢財廣積，害民的大户，便引人去，公然搬取上山。誰敢阻當！但打聽得有那欺壓良善，暴富小人，積攢得些家私，不論遠近，令人便去盡數收拾上山。如此之爲，大小何止千百餘處。爲是無人可以當抵，又不怕你叫起撞天屈來，因此不曾顯露。所以無有説話。

再説宋江自盟誓之後，一向不曾下山，不覺炎威已過，又早秋凉，重陽節近。宋江便叫宋清安排大筵席，會衆兄弟同賞菊花。唤做菊花之會。但有下山的兄弟們，不拘遠近，都要招回寨來赴筵。至日肉山酒海，先行給散馬、步、水三軍，一應小頭目人等，各令自去打團兒吃酒。且説忠義堂上遍插菊花，各依次坐，分頭把盞。堂前兩邊篩鑼擊鼓，大吹大擂，笑語喧嘩，觥籌交錯，衆頭領開懷痛飲。馬麟品簫唱曲，燕青彈箏。不覺日暮。宋江大醉，叫取紙筆來，一時乘着酒興，作《滿江紅》一詞。寫畢，令樂和單唱這首詞曲。道是：

『喜遇重陽，更佳釀今朝新熟。見碧水丹山，黄蘆苦竹。頭上盡教添白髮，鬢邊不可無黄菊。願樽前長叙弟兄情，如金玉。統豺虎，御邊幅。號令明，軍威肅。中心願平虜，保民安國。日月常懸忠烈膽，風塵障却奸邪目。望天王降詔早招安，心方足。』

樂和唱這個詞，正唱到『望天王降詔早招安』，衹見武松叫道：『今日也要招安，明日也要招安去，冷了弟兄們的心！』黑旋風便睁圓怪眼，大叫道：『招安，招安！招甚鳥安！』衹一脚，把桌子踢起，攧做粉碎。宋江大喝道：『這黑厮怎敢如此無禮！左右與我推去斬訖報來！』衆人都跪下告道：『這人酒後發狂。哥哥寬恕！』宋江答道：『衆賢弟且起，把這厮監下。』衆人皆喜。有幾個當刑小校，向前來請李逵。李逵道：『你怕我敢挣扎？哥哥剮我也不怨，殺我也不恨。除了他，天也不怕！』説了，便隨着小校去監房裏睡。

宋江聽了他説，不覺酒醒，忽然發悲。吴用勸道：『兄長既設此會，人皆歡樂飲酒。他是個粗滷的人，一時醉後衝撞，何必挂懷。且陪衆兄弟盡此一樂。』宋江道：『我在江州醉後誤吟了反詩，得他氣力來。今日又作《滿江紅》詞，險些兒壞了他性命。早是得衆弟兄諫救了！他與我身上情分最重，如骨肉一般，因此潸然泪下。』便叫武松：『兄弟，你也是個曉事的人。我主張招安，要改邪歸正，爲國家臣子，如何便冷了衆人的心？』魯智深便道：『衹今滿朝文武，俱是奸邪，蒙蔽聖聰，就比俺的直裰染做皂了，洗殺怎得乾净。招安不濟事！便拜辭了，明日一個個各去尋趁罷。』宋江道：『衆弟兄聽說：今皇上至聖至明，祇被奸臣閉塞，暫時昏昧。有日雲開見日，知我等替天行道，不擾良民，赦罪招安，同心報國，竭力施功，有何不美？因此祇願早早招安，別無他意。』衆皆稱謝不已。當日飲酒，終不暢懷。席散各回本寨。

次日清晨，衆人來看李逵時，尚兀自未醒。衆頭領睡裏喚起來，説道：『你昨日大醉，駡了哥哥，今日要殺你。』李逵道：『我夢裏也不敢駡他。他要殺我時，便由他殺了罷。』衆弟兄引着李逵，去堂上見宋江請罪。宋江喝道：『我手下許多人馬，都似你這般無禮，不亂了法度！且看衆兄弟之面，寄下你項上一刀。再犯，必不輕恕！』李逵喏喏連聲而退。衆人皆散。

一向無事，漸近歲終。紛紛雪落乾坤，頃刻銀裝世界，正是王猷訪戴之時，袁安高卧之日。不覺雪晴，祇見山下有人來報：『離寨七八里，拿得萊州解燈上東京去的一行人，在關外聽候將令。』宋江道：『休要執縛，好生叫上關來。』没多時，解到堂前：兩個公人，八九個燈匠，五輛車子。爲頭的這一個告道：『小人是萊州承差公人。這幾個都是燈匠。年例東京着落本州要燈三架，今年又添兩架，乃是玉棚玲瓏九華燈。』宋江隨即賞與酒食，叫取出燈來看。那做燈匠人將那玉棚燈挂起，搭上四邊結帶，上下通計九九八十一盞，從忠義堂上挂起，直垂到地。宋江道：『我本待都留了你的，惟恐教你吃苦，不當穩便，祇留下這碗九華燈在此，其餘的你們自解官去。酬煩之資，白銀二十兩。』衆人再拜，懇謝不已，下山去了。宋江教把這碗燈點在晁天王孝堂内。次日對衆頭領説道：『我生長在山東，不曾到京師。聞知今上大張燈火，與民同樂，慶賞元宵，自冬至後，便造起燈，至今才完。我如今要和幾個兄弟，私去看燈一遭便回。』吴用便諫道：『不可。如今東京做公的最多，倘有疏失，如之奈何？』宋江道：『我日間祇在客店裏藏身，夜晚入城看燈，有何慮焉。』衆人苦諫不住，宋江堅執要行。正是：猛虎直臨丹鳳闕，殺星夜犯卧牛城。

畢竟宋江怎地去鬧東京，且聽下回分解。

第七十二回 柴進簪花入禁院 李逵元夜鬧東京

話説當日宋江在忠義堂上，分撥去看燈人數：『我與柴進一路，史進與穆弘一路，魯智深與武松一路，朱仝與劉唐一路。祇此四路人去，其餘盡數在家守寨。』李逵便道：『説東京好燈，我也要去走一遭。』宋江道：『你如何去得？』李逵守死要去，那裏執拗得他住。宋江道：『你既然要去，不許你惹事。打扮做伴當跟我。』就叫燕青也走一遭，專和李逵作伴。

看官聽説，宋江是個文面的人，如何去得京師？原來却得神醫安道全上山之後，却把毒藥與他點去了。後用好藥調治，起了紅疤。再要良金美玉，碾爲細末，每日塗搽，自然消磨去了。那醫書中説『美玉滅斑』，正此意也。當日先叫史進、穆弘扮作客人去了。次後便使魯智深、武松，扮作行脚僧行去了，再後朱仝、劉唐，也扮做客商去了。各人跨腰刀，提樸刀，都藏暗器，不必得説。

且説宋江與柴進扮作閑涼官，再叫戴宗扮作承局，也去走一遭，有些緩急，好來飛報。李逵、燕青扮伴當，各挑行李下山。衆頭領都送到金沙灘餞行。軍師吴用再三分付李逵道：『你閑常下山，好歹惹事，今番和哥哥去東京看燈，非比閑時。路上不要吃酒，十分小心在意，使不得往常性格。若有衝撞，弟兄們不好厮見，難以相聚了。』李逵道：『不索軍師憂心，我這一遭并不惹事。』相别了，取路登程。抹過濟州，路經滕州，取單州，上曹州來，前望東京萬壽門外，尋一個客店安歇下了。

宋江與柴進商議。此是正月十一日的話。宋江道：『明日白日裏，我斷然不敢入城。直到正月十四日夜，人物喧嘩，此時方可入城。』柴進道：『小弟明日先和燕青入城中去探路一遭。』宋江道：『最好。』次日，柴進穿一身整整齊齊的衣服，頭上巾幘新鮮，脚下鞋襪乾净。燕青打扮，便是不俗。兩個離了店肆，看城外人家時，家家熱鬧，户户喧嘩，都安排慶賞元宵，各作賀太平風景。來到城門下，并是没人阻當。果然好座東京去處！怎見得？

州名汴水，府號開封。透迤接吴楚之邦，延亘連齊魯之地。周公建國，畢公皋改作京師；兩晋春秋，梁惠王稱爲魏國。層迭卧牛之勢，按上界戊己中央；崔嵬伏虎之形，像周天二十八宿。王堯九讓華夷，太宗一遷基業。元宵景致，鰲山排萬盞華燈；夜月樓臺，鳳輦降三山瓊島。金明池上三春柳，小苑城邊四季花。十萬里魚龍變化之鄉，四百座軍州輻輳之地。黎庶盡歌豐稔曲，嬌娥齊唱太平詞。坐香車佳人仕女，蕩金鞭公子王孫。天街上盡列珠璣，小巷内遍盈羅綺。靄靄祥雲籠紫閣，融融瑞氣罩樓臺。

當下柴進、燕青兩個入得城來，行到御街上，往來看玩。轉過東華門外，見酒肆茶坊，不計其數，往來錦衣花帽之人，紛紛濟濟，各有服色，都在茶坊酒肆中坐地。柴進引着燕青，徑上一個小小酒樓，臨街占個閣子。憑欄望時，見班直人等，多從内裏出入，幞頭邊各簪翠葉花一朵。柴進唤燕青，附耳低言：『你與我如此如此。』燕青是個點頭會意的人，不必細問，火急下樓，出得店門，恰好迎着個老成的班直官。燕青唱個喏。那人道：『面生，全不曾相識。』燕青説道：『小人的東人和觀察是故交，特使小人來相請。』原來那班直姓王。燕青道：『莫非足下是張觀察？』那人道：『我自姓王。』燕青隨口應道：『正是教小人請王觀察，貪慌忘記了。』那王觀察跟隨着燕青，來到樓上。燕青揭起簾子，對柴進道：『請到王觀察來了。』燕青接了手中執色，柴進邀入閣兒裏相見。各施禮罷。

王班直看了柴進半晌，却不認得，説道：『在下眼拙，失忘了足下。適蒙呼唤，願求大名。』柴進笑道：『小弟與足下童稚之交，且未可説，兄長熟思之。』一壁便叫取酒食來，與觀察小酌。酒保安排到肴饌果品，燕青斟酒，殷勤相勸。酒至半酣，柴進問道：『觀察頭上這朵翠花何意？』那王班直道：『今上天子慶賀元宵，我們左右内外，共有二十四班，通類有五千七八百人，每人皆賜衣襖一領，翠葉金花一枝，上有小小金牌一個，鑿着「與民同樂」四字。因此每日在這裏聽候點視。如有宫花錦襖，便能夠入内裏去。』柴進道：『在下却不省得。』又飲了數杯，柴進便叫燕青：『你自去與我旋一杯熱酒來吃。』無移時，酒到了。柴進便起身與王班直把盞道：『足下飲過這杯小弟敬酒，方才達知姓氏。』王班直道：『在下實想不起，願求大名。』王班直拿起酒來，一飲而盡。恰才吃罷，口角流涎，兩脚騰空，倒在凳上。柴進慌忙去了巾幘衣服靴襪，却脱下王班直身上錦襖踢串鞋褲之類，從頭穿了，帶上花帽，拿了執色。分付燕青道：『酒保來問時，衹説這觀察醉了，那官人未回。』燕青道：『不必分付，自有道理支吾。』

且説柴進離了酒店，直入東華門去，看那内庭時，真乃人間天上。但見：

祥雲籠鳳闕，瑞靄罩龍樓。琉璃瓦砌鴛鴦，龜背簾垂翡翠。正陽門徑通黄道，長朝殿端拱紫垣。渾儀臺占算星辰，待漏院班分文武。墻塗椒粉，絲絲緑柳拂飛甍；殿繞欄楯，簇簇紫花迎步輦。恍疑身在蓬萊島，仿佛神游兜率天。

柴進去到内裏，但過禁門，爲有服色，無人阻當。直到紫宸殿，轉過文德殿，都看殿門，各有金鎖鎖着，不能夠進去。且轉過凝暉殿，從殿邊轉將入去，到一個偏殿，牌上金書『睿思殿』三字。此是官家看書之處。側首開着一扇朱紅槅子。柴進閃身入去看時，見正面鋪着御座，兩邊几案上，放着文房四寶：象管筆、花箋、龍墨、端溪硯。書架上盡是群書，各插着牙簽，勿知其數。正面屏風上，堆青迭緑，畫着山河社稷混一之圖。轉過屏風後面，但見素白屏風上，御書四大寇姓名，寫着道：

『山東宋江，淮西王慶，河北田虎，江南方臘。』

柴進看了四大寇姓名，心中暗忖道：『國家被我們擾害，因此如常記心，寫在這裏。』便去身邊拔出暗器，正把『山東宋江』那四個字刻將下來，慌忙出殿。隨後早有人來。柴進便離了内苑，出了東華門，回到酒樓上，看那王班直時，尚未醒來。依舊把錦衣花帽服色等項，都放在閣兒内。柴進還穿了依舊衣服，唤燕青和酒保計算了酒錢，剩下十數貫錢，就賞了酒保。臨下樓來，分付道：『我和王觀察是弟兄。恰才他醉了，我替他去内裏點名了回來，他還

未醒。我却在城外住，恐怕誤了城門。剩下錢都賞你。他的服色號衣都在這裏。』酒保道：『官人但請放心，男女自伏侍。』柴進、燕青離得酒店，徑出萬壽門去了。王班直到晚起來，見了服色花帽都有，但不知是何意。酒保說柴進的話，王班直似醉如痴，回到家中。次日，有人來說：『睿思殿上不見「山東宋江」四個字。今日各門好生把得鐵桶般緊，出入的人，都要十分盤詰。』王班直情知是了，那裏敢說。

再說柴進回到店中，對宋江備細說内宫之中，取出御書大寇『山東宋江』四字，與宋江看罷，嘆息不已。十四日晚，明月從東而起，天上并無雲翳。宋江、柴進扮作閑涼官，戴宗扮作承局，燕青扮爲小閑，衹留李逵看房。四個人雜在社火隊裏，取路哄入封邱門來，遍玩六街三市，果然夜暖風和，正好游戲。轉過馬行街來，家家門前扎縛燈棚，賽懸燈火，照耀如同白日。正是：樓臺上下火照火，車馬往來人看人。四個轉過御街，見兩行都是烟月牌。來到中間，見一家外懸青布幕，裏挂斑竹簾，兩邊盡是碧紗窗，外挂兩面牌，牌上各有五個字，寫道：『歌舞神仙女，風流花月魁。』宋江見了，便入茶坊裏來吃茶。問茶博士道：『前面角妓是誰家？』茶博士道：『這是東京上廳行首，唤做李師師。間壁便是趙元奴家。』宋江道：『莫不是和今上打得熱的？』茶博士道：『不可高聲，耳目覺近。』宋江便唤燕青，附耳低言道：『我要見李師師一面，暗裏取事。你可生個宛曲入去，我在此間吃茶等你。』宋江自和柴進、戴宗在茶坊裏吃茶。

却說燕青徑到李師師門首，揭開青布幕，掀起斑竹簾，轉入中門，見挂着一碗鴛鴦燈，下面犀皮香桌兒上，放着一個博山古銅香爐，爐内細細噴出香來。兩壁上挂着四幅名人山水畫，下設四把犀皮一字交椅。燕青見無人出來，轉入天井裏面，又是一個大客位，鋪着三座香楠木雕花玲瓏小床，鋪着落花流水紫錦褥，懸挂一架玉棚好燈，擺着异樣古董。燕青微微咳嗽一聲，衹見屏風背後轉出一個丫鬟來，見燕青道個萬福，便問燕青：『哥哥高姓？那裏來？』燕青道：『相煩姐姐請出媽媽來，小閑自有話說。』梅香入去不多時，轉出李媽媽來。燕青請他坐了，納頭四拜。李媽媽道：『小哥高姓？』燕青答道：『老娘忘了，小人是張乙兒的兒子張閑的便是。從小在外，今日方歸。』原來世上姓張、姓李、姓王的最多。那虔婆思量了半晌，又是燈下，認人不仔細，猛然省起，叫道：『你不是太平橋下小張閑麽？你那裏去了？許多時不來。』燕青道：『小人一向不在家，不得來相望。如今伏侍個山東客人，有的是家私，說不能盡。他是個燕南、河北第一個有名財主，今來此間做些買賣。一者就賞元宵，二者來京師省親，三者就將貨物在此做買賣，四者要求見娘子一面。怎敢說來宅上出入，衹求同席一飲，稱心滿意。不是小閑賣弄，那人實有千百兩金銀，欲送與宅上。』那虔婆是個好利之人，愛的是金資，聽的燕青這一席話，便動其心，忙叫李師師出來，與燕青廝見。燈下看時，端的有沉魚落雁之容，閉月羞花之貌。燕青見了，納頭便拜。有詩爲證：

少年聲價冠青樓，玉貌花顏世罕儔。萬乘當時垂睿眷，何慚壯士便低頭。

那虔婆說與備細。李師師道：『那員外如今在那裏？』燕青道：『衹在前面對門茶坊裏。』李師師便道：『請過寒舍拜茶。』燕青道：『不得娘子言語，不敢擅進。』虔婆道：『快去請來。』燕青徑到茶坊裏，耳邊道了消息。戴宗取些錢還了茶博士。三人跟着燕青，徑到李師師家內。入得中門，相接請到大客位裏。李師師斂手向前，動問起居道：『適間張閑多談大雅，今辱左顧，綺閣生光。』宋江答道：『山僻之客，孤陋寡聞，得睹花容，生平幸甚。』李師師便邀請坐，又問道：『這位官人是足下何人？』宋江道：『此是表弟葉巡檢。』就叫戴宗拜了李師師。宋江、柴進居左，客席而坐。李師師右邊，主位相陪。奶子奉茶至。李師師親手與宋江、柴進、戴宗、燕青換盞。不必說那盞茶的香味，細欺雀舌，香勝龍涎。茶罷，收了盞托，欲叙行藏。衹見奶子來報：『官家來到後面。』李師師道：『其實不敢相留。來日駕幸上清宮，必然不來。却請諸位到此，少叙三杯，以洗泥塵。』宋江喏喏連聲，帶了三人便行。出得李師師門來，與柴進：『今上兩個表子，一個李師師，一個趙元奴。雖然見了李師師，何不再去趙元奴家走一遭？』宋江徑到茶坊間壁，揭起簾幕。張閑便請趙婆出來說話。燕青道：『我這兩位官人，是山東巨富客商，要見娘子一面，一百兩花銀相送。』趙婆道：『恰恨我女兒没緣，不快在床，出來相見不得。』宋江道：『如此却再來求見。』趙婆相送出門，作别了，四個自出小御街，徑投天漢橋來看鰲山。正打從樊樓前過，聽得樓上笙簧聒耳，鼓樂喧天，燈火凝眸，游人似蟻。宋江、柴進也上樊樓，尋個閣子坐下，取些酒食肴饌，也在樓上賞燈飲酒。吃不到數杯，衹聽得隔壁閣子内，有人作歌道：

『浩氣衝天貫斗牛，英雄事業未曾酬。手提三尺龍泉劍，不斬奸邪誓不休！』

宋江聽得，慌忙過來看時，却是九紋龍史進、没遮攔穆弘，在閣子内吃得大醉，口出狂言。宋江走近前去喝道：『你這兩個兄弟，嚇殺我也！快算還酒錢，連忙出去。早是遇着我，若是做公的聽得，這場横禍不小！誰想你這兩個兄弟，也這般無知粗糙！快出城，不可遲滯。明日看了正燈，連夜便回。衹此十分好了，莫要弄得撅撒了。』史進、穆弘默默無言，便叫酒保算還了酒錢。兩個下樓，取路先投城外去了。宋江與柴進四人，微飲三杯，少添春色。戴宗計算還了酒錢，四人拂袖下樓，徑往萬壽門，來客店内敲門。李逵困眼睁開，對宋江道：『哥哥不帶我來也罷了，既帶我來，却教我看房，悶出鳥來！你們都自去快活。』宋江道：『爲你生性不善，面貌醜惡，不争帶你入城，衹恐因而惹禍。』李逵便道：『則不帶我去便了，何消得許多推故。幾曾見我那裏嚇殺了别人家小的大的？』宋江道：『衹有明日十五日這一夜，帶你入去，看罷了正燈，連夜便回。』李逵呵呵大笑。

過了一夜，次日正是上元節候，天色晴明得好。看看傍晚，慶賞元宵的人不知其數。古人有一篇《絳都春》詞，單道元宵景致：

融和初報。乍瑞靄霽色，皇都春早。翠幰競飛，玉勒争馳都門道。鰲山彩結蓬萊島，向晚色雙龍銜照。絳霄樓上，彤芝蓋底，仰瞻天表。縹緲。風傳帝樂，慶玉殿共賞群仙同到。迤邐御香飄，滿人間開嬉笑。一點星球小，漸隱隱鳴梢聲杳。游人月下歸來，洞天未曉。

處。衹見楊太尉揭起簾幕，推開扇門，徑走入來，見了李逵，喝問道：『你這廝是誰，敢在這裏？』李逵也不回應，提起把交椅望楊太尉劈臉打來。楊太尉倒吃了一驚，措手不及，兩交椅打翻地下。戴宗便來救時，那裏攔當得住。李逵扯下書畫來，就蠟燭上點着，東捽西捽，一面放火，香桌椅凳，打得粉碎。宋江等三個聽得，趕出來看時，見黑旋風褪下半截衣裳，正在那裏行凶。四個扯出門外去時，李逵就街上奪條棒，直打出小御街來。宋江見他性起，衹得和柴進、戴宗先趕出城，恐關了禁門，脱身不得，衹留燕青看守着他。李師師家火起，驚得趙官家一道烟走了。鄰佑人等一面救火，一面救起楊太尉。這話都不必説。

城中喊起殺聲，震天動地。高太尉在北門上巡警，聽得了這話，帶領軍馬，便來追趕。李逵正打之間，撞着穆弘、史進。四人各執槍棒，一齊助力，直打到城邊。把門軍士急待要關門，外面魯智深輪着鐵禪杖，武行者使起雙戒刀，朱仝、劉唐手拈着樸刀，早殺入城來，救出裏面四個。方才出得城門，高太尉軍馬恰好趕到。城外來八個頭領，不見宋江、柴進、戴宗，正在那裏心慌。原來軍師吴用，已知此事，定教大鬧東京。克時定日，差下五員虎將，引領帶甲馬軍一千騎，是夜恰好到東京城外等接，正逢着宋江、柴進、戴宗三人。帶來的空馬，就教上馬。隨後八人也到。正都上馬時，于内不見了李逵。高太尉軍馬要衝將出來。宋江手下的五虎將關勝、林沖、秦明、呼延灼、董平，突到城邊，立馬于濠塹上，大叫道：『梁山泊好漢全伙在此！早早獻城，免汝一死！』高太尉聽得，那裏敢出城來，慌忙教放下吊橋，衆軍上城提防。宋江便叫燕青分付道：『你和黑廝最好，你可略等他一等，隨後與他同來。我和軍馬衆將先回，星夜還寨，恐怕路上别有枝節。』

不説宋江等軍馬去了。且説燕青立在人家房檐下看時，衹見李逵從店裏取了行李，拿着雙斧，大吼一聲，跳出店門，獨自一個，要去打這東京城池。正是：聲吼巨雷離店肆，手提大斧劈城門。

畢竟黑旋風李逵怎地去打城，且聽下回分解。

第七十三回　黑旋風喬捉鬼　梁山泊雙獻頭

話説當下李逵從客店裏搶將出來，手掿雙斧，要奔城邊劈門，被燕青抱住腰胯，衹一交，攧個脚梢天。燕青拖將起來，望小路便走。李逵衹得隨他。爲何李逵怕燕青？原來燕青小廝撲天下第一。因此宋公明着令燕青相守李逵。李逵若不隨他，燕青小廝撲，手到一交。李逵多曾着他手脚，以此怕他，衹得隨順。燕青和李逵不敢從大路上走，恐有軍馬追來，難以抵敵。衹得大寬轉奔陳留縣路來。李逵再穿上衣裳，把大斧藏在衣襟底下。又因没了頭巾，却把焦黄髮分開，綰做兩個丫髻。行到天明，燕青身邊有錢，村店中買些酒肉吃了，拽開脚步趲行。次日天曉，東京城中，好場熱鬧。高太尉引軍出城，追趕不上自回。李師師衹推不知，楊太尉也自歸家將息。抄點城中被傷人數，計有四五百人，推倒跌損者，不計其數。高太尉會同樞密院童貫，都到太師府商議啓奏，早早調兵剿捕。

且説李逵和燕青兩個，在路行到一個去處，地名唤做四柳村，不覺天晚。兩個便投一個大莊院來，敲開門，直進到草廳上。莊主狄太公出來迎接，看見李逵綰着兩個丫髻，却不見穿道袍，面貌生得又醜，正不知是什麼人。太公隨口問燕青道：『這位是那裏來的師父？』燕青笑道：『這師父是個蹺蹊人，你們都不省得他。胡亂趁些晚飯吃，借宿一夜，明日早行。』李逵衹不做聲。太公聽得這話，倒地便拜李逵，説道：『師父可救弟子則個！』李逵道：『你要我救你甚事，實對我説。』那太公道：『我家一百餘口，夫妻兩個，嫡親止有一個女兒，年二十餘歲。半年之前，着了一個邪祟，衹在房中，茶飯并不出來討吃。若還有人去叫他，磚石亂打出來。家中人多被他打傷了。累累請將法官來，也捉他不得。』李逵道：『太公，我是薊州羅真人的徒弟，會得騰雲駕霧，專能捉鬼。你若捨得東西，我與你今夜捉鬼。如今先要一猪一羊，祭祀神將。』太公道：『猪羊我家盡有，酒自不必得説。』李逵道：『你揀得膘肥的宰了，爛煮將來。好酒更要幾瓶，便可安排。今夜三更，與你捉鬼。』太公道：『師父如要書符紙札，老漢家中也有。』李逵道：『我的法衹是一樣，都沒什麼鳥符。身到房裏，便揪出鬼來。』燕青忍笑不住。

老兒衹道他是好話，安排了半夜，猪羊都煮得熟了，擺在廳前。李逵叫討大碗，滚熱酒十瓶價做一巡篩。明晃晃點着兩枝蠟燭，烜烜燒着一爐好香。李逵掇條凳子，坐在當中，并不念甚言語。腰間拔出大斧，砍開猪羊，大塊價扯將下來吃。又叫燕青道：『小乙哥，你也來吃些。』燕青冷笑，那裏肯來吃。李逵吃得飽了，飲過五六碗好酒，驚得太公呆了。李逵便叫衆莊客：『恁們都來散福。』拈指間，散了殘肉。李逵道：『快舀桶湯來，與我們洗手洗脚。』無移時，洗了手脚，問太公討茶吃了。又問燕青道：『你曾吃飯也不曾？』燕青道：『吃得飽了。』李逵對太公道：『酒又醉，肉又飽，明日要走路程。老爺們去睡。』太公道：『却是苦也！這鬼幾時捉得？』李逵道：『你真個要我捉鬼？着人引我去你女兒房裏去。』太公道：『便是神道如今在房中，磚石亂打出來，誰人敢去！』

李逵拔兩把板斧在手，叫人將火把遠遠照着。李逵大踏步直搶到房邊，衹見房内隱隱的有燈。李逵把眼看時，見一個後生摟着一個婦人，在那裏説話。李逵一脚踢開了房門，斧到處，衹見砍得火光爆散，霹靂交加。定睛打一看時，原來把燈盞砍翻了。那後生却待要走，被李逵大喝一聲，斧起處早把後生砍翻。這婆娘便攢入床底下躲了。李逵把那漢子先一斧砍下頭來，提在床上。把斧敲着床邊喝道：『婆娘，你快出來！若不攢出來時，和床都剁得粉碎。』婆娘連聲叫道：『你饒我性命，我出來！』却才攢出頭來，被李逵揪住頭髮，直拖到死尸邊，問道：『我殺的這斯是誰？』婆娘道：『是我奸夫王小二。』李逵又問道：『磚頭飯食，那裏得來？』婆娘道：『這是我把金銀頭面與他，三二更從墻上運將入來。』李逵道：『這等腌臢婆娘，要你何用！』揪到床邊，一斧砍下頭來。把兩個人頭拴做一處，再提婆娘尸首，和漢子身尸相并。李逵道：『吃得飽，正沒消食處。』就解下上半截衣裳，拿起雙斧，看着兩個死尸，一上一下，恰似發擂的亂剁了一陣。

李逵笑道：『眼見這兩個不得活了。』插起大斧，提着人頭，大叫出廳前來。『兩個鬼我都捉了。』撇下人頭。

滿莊裏人都吃一驚，都來看時，認得這個是太公的女兒，那個人頭無人認得。數内一個莊客，相了一回，認出道：『有些像東村頭會粘雀兒的王小二。』李逵道：『這個莊客到眼乖。』太公道：『師父怎生得知？』李逵道：『你女兒躲在床底下，被我揪出來問時，説道：他是奸夫王小二。吃的飲食，都是他運來。問了備細，方才下手。』太公哭道：『師父，留得我女兒也罷。』李逵罵道：『打脊老牛！女兒偷了漢子，兀自要留他！你恁地哭時，倒要賴我，不謝將我。明日却和你説話。』燕青尋了個房，和李逵自去歇息。太公却引人點着燈燭，入房裏去看時，照見兩個沒頭尸首，剁做十來段，丢在地下。太公、太婆煩惱啼哭，便叫人扛出後面去燒化了。李逵睡到天明，跳將起來，對太公道：『昨夜與你捉了鬼，你如何不謝將？』太公衹得收拾酒食相待。李逵、燕青吃了便行。狄太公自理家事。

且説李逵和燕青離了四柳村，依前上路。此時草枯地闊，木落山空。于路無話。兩個因寬轉梁山泊北，到寨尚有七八十里，巴不到山，離荆門鎮不遠。當日天晚，兩個奔到一個大莊院敲門。燕青道：『俺們尋客店中歇去。』李逵道：『這大户人家，却不强似客店多少！』説猶未了，莊客出來回話道：『我主太公正煩惱哩，你兩個別處去歇。』李逵直走入去，燕青拖扯不住，直到草廳上。李逵口裏叫道：『過往客人，借宿一宵，打甚鳥緊，便道太公煩惱！我正要和煩惱的説話。』裏面太公張時，看見李逵生得凶惡，暗地教人出來接納，請去廳外側首，有間耳房，叫他兩個安歇。造些飯食，與他兩個吃。着他裏面去睡。多樣時，搬出飯來，兩個吃了，就便歇息。李逵當夜没些酒，在土炕子上翻來復去睡不着，衹聽得太公、太婆在裏面哽哽咽咽的哭。李逵心焦，那雙眼怎地得合。巴到天明，跳將起來，便向廳前問道：『你家什麼人哭這一夜，攪得老爺睡不着？』太公聽了，衹得出來答道：『我家有個女兒，年方一十八歲，吃人搶了去，以此煩惱。』李逵罵道：『打脊老牛，男大須婚，女大須嫁，煩惱做什麼？』太公道：『不是與他，强奪了去。』李逵道：『又來作怪！奪你女兒的是誰？』太公道：『我與你説他姓名，驚得你屁滾尿流。他是梁山泊頭領宋江，有一百單八個好漢，不算小軍。』李逵道：『我且問你，他是幾個來？』太公道：『兩

日前，他和一個小後生，各騎着一匹馬來。』李逵便叫：『燕小乙哥，你來聽這老兒說的話。俺哥哥原來口是心非，不是好人了也。』燕青道：『大哥莫要造次，定没這事。』李逵道：『他在東京兀自去李師師家去，到這裏怕不做出來！』李逵道：『你莊裏有飯，討些我們吃。』對太公說道：『我便是梁山泊黑旋風李逵，這個便是浪子燕青。既是宋江奪了你的女兒，我去討來還你。』太公拜謝了。

李逵、燕青徑望梁山泊來，直到忠義堂上，宋江見了李逵、燕青回來，便問道：『兄弟，你兩個那裏來？錯了許多路，如今方到。』李逵那裏應答，睁圓怪眼，拔出大斧，先砍倒了杏黄旗，把『替天行道』四個字扯做粉碎。衆人都吃一驚。宋江喝道：『黑厮又做什麽？』李逵拿了雙斧，搶上堂來，徑奔宋江。當有關勝、林冲、秦明、呼延灼、董平五虎將，慌忙攔住，奪了大斧，揪下堂來。宋江大怒，喝道：『這厮又來作怪！你且說我的過失！』李逵氣做一團，那裏說得出。燕青向前道：『哥哥聽稟一路上備細。他在東京城外客店裏跳將出來，拿着雙斧，要去劈門。被我一交攧翻，拖將起來，說與他：「哥哥已自去了，獨自一個風什麽？」恰才信小弟說。不敢從大路走，他又没了頭巾，把頭髮綰做兩個丫髻。正來到四柳村狄太公莊上，他去做法官捉鬼，正拿了他女兒并奸夫兩個，都剁做肉醬。後來却從大路西邊上山，他定要大寬轉。將近荆門鎮，當日天晚了，便去劉太公莊上投宿。衹聽得太公兩口兒一夜啼哭，他睡不着，巴得天明，起去問他。劉太公說道：兩日前梁山泊宋江，和一個年紀小的後生，騎着兩匹馬，來莊上來。老兒聽得說是替天行道的人，因此叫這十八歲的女兒出來把酒，吃到半夜，兩個把他女兒奪了去。李逵大哥聽了這話，便道是實。我再三解說道：「俺哥哥不是這般的人。多有依草附木，假名托姓的，在外頭胡做。」李大哥道：「我見他在東京時，兀自戀着唱的李師師，不肯放。不是他是誰？」因此來發作。』

宋江聽罷，便道：『這般屈事，怎地得知！如何不說？』李逵道：『我閑常把你做好漢，你原來却是畜生！

你做得這等好事！』宋江喝道：『你且聽我說：我和三二千軍馬回來，兩匹馬落路時，須瞞不得衆人。若還得一個婦人，必然祇在寨裏。你却去我房裏搜看！』李逵道：『哥哥，你說什麽鳥閑話！山寨裏都是你手下的人，護你的多，那裏不藏過了。我當初敬你是個不貪色欲的好漢，你原正是酒色之徒。殺了閻婆惜便是小樣，去東京養李師師便是大樣。你不要賴，早早把女兒送還老劉，倒有個商量。你若不把女兒還他時，我早做早殺了你，晚做晚殺了你。』宋江道：『你且不要鬧嚷。那劉太公不死，莊客都在，俺們同去面對。若還對番了，就那裏舒着脖子受你板斧。如若對不番，你這厮没上下，當得何罪？』李逵道：『我若還拿你不着，便輸這顆頭與你。』宋江道：『最好。你衆兄弟都是證見。』便叫鐵面孔目裴宣寫了賭賽軍令狀二紙，兩個各書了字。宋江的把與李逵收了，李逵的把與宋江收了。李逵又道：『這後生不是别人，祇是柴進。』柴進道：『我便同去。』李逵道：『不怕你不來。若到那裏對番了之時，不怕你柴大官人，是米大官人，也吃我幾斧！』柴進道：『這個不妨。你先去那裏，等我們前去時，又怕有蹺蹊。』李逵道：『正是。』便喚了燕青：『俺兩個依前先去。他若不來，便是心虚。回來罷休不得！』

有詩爲證：

李逵鬧讓没幹休，要砍梁山寨主頭。欲辯是非分彼此，劉家莊上問來由。

燕青與李逵再到劉太公莊上。太公接見，問道：『好漢，所事如何？』李逵道：『如今我那宋江，他自來教你認他。你和太婆并莊客，都仔細認他。若還是時，祇管實說，不要怕他。我自替你做主。』祇見莊客報道：『有十數騎馬來到莊上了。』李逵道：『正是了。』側邊屯住了人馬，祇教宋江、柴進入來。宋江、柴進徑到草廳上坐下。李逵提着板斧，立在側邊。祇等老兒叫聲是，李逵便要下手。那劉太公近前來拜了宋江。李逵問老兒道：『這個是奪你女兒的不是？』那老兒睁開尫羸眼，打拍老精神，定睛看了道：『不是。』宋江對李逵道：『你却如何？』李逵道：『你兩個先着眼瞅他，這老兒懼怕你，便不敢說是。』宋江道：『你便叫滿莊人都來認我。』李逵隨即叫

衆莊客人等認時，齊聲叫道：『不是。』宋江道：『劉太公，我便是梁山泊宋江。這位兄弟便是柴進。你的女兒多是吃假名托姓的騙將去了。你若打聽得出來，報上山寨，我與你做主。』宋江對李逵道：『這裏不和你說話，你回來寨裏，自有辯理。』宋江、柴進自與一行人馬，先回大寨去了。

燕青道：『李大哥，怎地好？』李逵道：『祇是我性緊上錯做了事。既然輸了這顆頭，我自一刀割將下來，你把去獻與哥哥便了。』燕青道：『你没來由尋死做什麽！我教你一個法則，唤做負荆請罪。』李逵道：『怎地是負荆？』燕青道：『自把衣服脱了，將麻繩綁縛了，脊梁上背着一把荆杖，拜伏在忠義堂前，告道：「由哥哥打多少。」他自然不忍下手。這個唤做負荆請罪。』李逵道：『好却好，祇是有些惶恐。不如割了頭去乾净。』燕青道：『山寨裏都是你弟兄，何人笑你？』李逵没奈何，祇得同燕青回寨來負荆請罪。

却說宋江、柴進先歸到忠義堂上，和衆弟兄們正說李逵一事，祇見黑旋風脱得赤條條地，背上負着一把荆杖，跪在堂前，低着頭，口裏不做一聲。宋江笑道：『你那黑厮怎地負荆？祇這等饒了你不成？』李逵道：『兄弟的不是了，哥哥揀大棍打幾十罷！』宋江道：『我和你賭砍頭，你如何却來負荆？』李逵道：『哥哥既是不肯饒我，把刀來割這顆頭去，也是了當。』衆人都替李逵陪話。宋江道：『若要我饒他，祇教他捉得那兩個假宋江，討得劉太公女兒來還他，這等方才饒你。』李逵聽了，跳將起來說道：『我去，甕中捉鱉，手到拿來。』宋江道：『他是兩個好漢，又有兩副鞍馬，你祇獨自一個，如何近傍得他。再叫燕青和你同去。』燕青道：『哥哥差遣，小弟願往。』便去房中取了弩子，綽了齊眉杆棒，隨着李逵，再到劉太公莊上。

燕青細問他來情。劉太公說道：『日平西時來，三更裏去了，不知所在，又不敢跟去。那爲頭的，生的矮小，黑瘦面皮。第二個夾壯身材，短鬚大眼。』二人問了備細，便叫：『太公放心，好歹要救女兒還你。我哥哥宋公明的將令，務要我兩個尋將來，不敢違誤。』便叫煮下乾肉，做起蒸餅，各把料袋裝了，拴在身邊，離了劉太公莊上。

先去正北上尋，但見荒僻無人烟去處，走了一兩日，絕不見些消耗。卻去正東上，又尋了兩日，直到淩州高唐界內，又無消息。李逵心焦面熱，卻回來望西邊尋去，又尋了兩日，絕無些動靜。

當晚兩個且向山邊一個古廟中供床上宿歇。李逵那裏睡得着，爬起來坐地，衹聽得廟外有人走的響。李逵跳將起來，開了廟門看時，衹見一條漢子，提着把樸刀，轉過廟後土崗子上去。李逵在背後跟去。燕青聽得，拿了弩弓，提了杆棒，隨後趕來。叫道：「李大哥不要趕，我自有道理。」是夜，月色朦朧。燕青遞杆棒與了李逵，遠遠望見那漢，低着頭衹顧走。燕青趕近，搭上箭，弩弦穩放，叫聲：「如意子不要誤我！」衹一箭，正中那漢的右腿，撲地倒了。李逵趕上，劈衣領揪住，直拿到古廟中，喝問道：「你把劉太公的女兒搶的那裏去了？」那漢告道：「好漢，小人不知此事，不曾搶甚劉太公女兒。小人衹是這裏剪徑，做些小買賣，那裏敢大弄，搶奪人家子女。」李逵把那漢捆做一塊，提起斧來喝道：「你若不實說，砍你做二十段。」那漢叫道：「且放小人起來商議。」燕青道：「漢子，我且與你拔了這箭。」放將起來，問道：「劉太公女兒端的是什麼人搶了去？衹是你這裏剪徑的，你豈可不知些風聲？」那漢道：「小人胡猜，未知真實。離此間西北上，約有十五里，有一座山，喚做牛頭山，山上舊有一個道院。近來新被兩個强人，一個姓王名江，一個姓董名海，這兩個都是綠林中草賊，先把道士道童都殺了，隨從衹有五七個伴當，占住了道院，專一下來打劫，但到處衹稱是宋江。多敢是這兩個搶了去。」燕青道：「這話有些來歷。漢子，你休怕我。我便是梁山泊浪子燕青，他便是黑旋風李逵。我與你調理箭瘡，你便引我兩個到那裏去。」那人道：「小人願往。」

燕青去尋樸刀還了他，又與他扎縛了瘡口。趁着月色微明，燕青、李逵扶着他，走過十五里來路。到那山看時，苦不甚高，果似牛頭之狀，形如卧牛之勢。三個上這山來，天尚未明。來到山頭看時，團團一遭土墻，裏面約有二十來間房子。李逵道：「我與你先跳將入去。」燕青道：「且等天明却理會。」李逵那裏忍耐得，騰地跳將過去

了。衹聽得裏面有人喝聲。門開處，早有人出來，便挺樸刀來奔李逵。燕青生怕撅撒了事，拄着杆棒，也跳過墻來。那中箭的漢子一道烟走了。燕青見這出來的好漢正鬥李逵，潛身暗行，一棒正中那好漢臉頰骨上，倒入李逵懷裏來，被李逵後心衹一斧，砍翻在地。衹見裏面絕不見一個人出來。燕青道：「這廝必有後路走了。我與你去截住後門，你却把着前門，不要胡亂入去。」

且說燕青來到後門墻外，伏在黑暗處。衹見後門開處，早有一條漢子，拿了鑰匙來開後面墻門。燕青轉將過去。那漢見了，繞房檐便走出前門來。燕青大叫：「前面截住。」李逵搶將過來，衹一斧劈胸膛砍倒。便把兩顆頭都割下來，拴做一處。李逵性起，砍將入去，泥神也似都推倒了。那幾個伴當躲在竈前，被李逵趕去，一斧一個，都殺了。來到房中看時，果然見那個女兒在床上嗚嗚的啼哭。看那女子，雲鬢花顔，其實艷麗。有詩爲證：

弓鞋窄窄剪春羅，香沁酥胸玉一窩。麗質難禁風雨驟，不勝幽恨蹙秋波。

燕青問道：「你莫不是劉太公女兒？」那女子答道：「奴家正是劉太公女兒。十數日之前，被這兩個賊擄在這裏，每夜輪一個將奴家奸宿。奴家晝夜泪雨成行，要尋死處，被他監看得緊。今日得將軍搭救，便是重生父母，再養爹娘。」燕青道：「他有那兩匹馬在那裏放着？」女子道：「衹在東邊房內。」燕青備上鞍子，牽出門外，便來收拾房中積攢下的黄白之資，約有三五千兩。燕青便叫那女子上了馬，將金銀包了，和人頭抓了，拴在一匹馬上。李逵縛了個草把，將窗下殘燈，把草房四邊點着燒起。他兩個開了墻門，步送女子下山，直到劉太公莊上。爹娘見了女子，十分歡喜，煩惱都没了，盡來拜謝兩位頭領。燕青道：「你不要謝我兩個，你來寨裏拜謝俺哥哥宋公明。」兩個酒食都不肯吃，一家騎了一匹馬，飛奔山上來。

回到寨中，紅日銜山之際，都到三關之上。兩個牽着馬，馱着金銀，提了人頭，徑到忠義堂上，拜見宋江。燕青將前事一一說了一遍。宋江大喜，叫把人頭埋了，金銀收拾庫中，馬放去戰馬群内喂養。次日，設筵宴與燕

青、李逵作賀。劉太公也收拾金銀上山，來到忠義堂上，拜謝宋江。宋江那裏肯受，與了酒飯，教送下山回莊去了。不在話下。梁山泊自此無話。不覺時光迅速：

看看鵝黄着柳，漸漸鴨緑生波。桃腮亂簇紅英，杏臉微開絳蕊。山前花，山後樹，俱各萌芽；洲上蘋，水中蘆，都回生意。谷雨初晴，可是麗人天氣；禁烟才過，正當三月韶華。

宋江正坐，衹見關下解一伙人到，預先報上山來，說道：『拿得一伙牛子，有七八個車箱，又有幾束哨棒。』宋江看時，這伙人都是彪形大漢，跪在堂前告道：『小人等幾個，直從鳳翔府來，今上泰安州燒香。目今三月二十八日，天齊聖帝降誕之辰，我們都去臺上使棒，一連三日，何止有千百對在那裏。今年有個撲手好漢，是太原府人氏，姓任名原，身長一丈，自號擎天柱，口出大言，說道：「相撲世間無對手，争跤天下我爲魁。」聞他兩年曾在廟上争跤，不曾有對手，白白地拿了若干利物。今年又貼招兒，單搦天下人相撲。小人等因這個人來，一者燒香，二乃爲看任原本事，三來也要偷學他幾路好棒。伏望大王慈悲則個。』宋江聽了，便叫小校：『快送這伙人下山去，分毫不得侵犯。今後遇有往來燒香的人，休要驚唬他，任從過往。』那伙人得了性命，拜謝下山去了。衹見燕青起身稟復宋江，說無數句，話不一席，有分教：哄動了泰安州，大鬧了祥符縣。正是：東岳廟中雙虎鬥，嘉寧殿上二龍争。

畢竟燕青說出什麽話來，且聽下回分解。

第七十四回　燕青智撲擎天柱　李逵壽張喬坐衙

話說燕青，他雖是三十六星之末，果然機巧心靈，多見廣識，了身達命，都强似那三十五個。當日燕青稟宋江道：『小乙自幼跟着盧員外，學得這身相撲，江湖上不曾逢着對手。今日幸遇此機會，三月二十八日又近了，小乙并不要帶一人，自去獻臺上，好歹攀他攧一跤。若是輸了，攧死永無怨心。倘或贏時，也與哥哥增些光彩。這日必然有一場好鬧，哥哥却使人救應。』宋江說道：『賢弟，聞知那人身長一丈，貌若金剛，約有千百斤氣力。你這般瘦小身材，總有本事，怎地近傍得他。』燕青道：『不怕他長大身材，衹恐他不着圈套。常言道：相撲的有力使力，無力鬥智。非是燕青敢說口，臨機應變，看景生情，不倒的輸與他那呆漢。』盧俊義便道：『我這小乙，端的自小學成好一身相撲。隨他心意，叫他去。至期，盧某自去接應他回來。』宋江問道：『幾時可行？』燕青答道：『今日是三月二十四日了，來日拜辭哥哥下山，路上略宿一宵，二十六日趕到廟上，二十七日在那裏打探一日，二十八日却好和那厮放對。』當日無事。次日，宋江置酒與燕青送行。衆人看燕青時，打扮得村村樸樸，將一身花綉，把衲襖包得不見。扮做山東貨郎，腰裏插着一把串鼓兒，挑一條高肩雜貨擔子。諸人看了都笑。宋江道：『你既然裝做貨郎擔兒，你且唱個山東貨郎轉調歌與我衆人聽。』燕青一手拈串鼓，一手打板，唱出貨郎太平歌，與山東人不差分毫來去。衆人又笑。酒至半酣之後，燕青辭了衆頭領下山。過了金沙灘，取路望泰安州來。

當日天晚，正待要尋店安歇，衹聽得背後有人叫道：『燕小乙哥，等我一等！』燕青歇下擔子看時，却是黑旋風李逵。燕青道：『你趕來怎地？』李逵道：『你相伴我去荆門鎮走了兩遭，我見你獨自個來，放心不下，不曾對哥哥說知，偷走下山，特來幫你。』燕青道：『我這裏用你不着，你快早早回去。』李逵焦躁起來，說道：『你便是真個了得的好漢！我好意來幫你，你倒翻成惡意。我却偏鳥要去！』燕青尋思怕壞了義氣，便對李逵說道：『和你去不争，那裏聖帝生日，都有四山五岳的人聚會，認的你的頗多。你依的我三件事，便和你同去。』李逵道：『依得。」燕青道：「從今路上和你前後各自走，一脚到客店裏，入得店門，你便自不要出來。這是第一件了。第二件，到得廟上客店裏，你衹推病，把被包了頭臉，假做打鼾睡，便不要做聲。第三件，當日廟上，你挨在稠人中看争跤時，不要大驚小怪。大哥，依得麽？」李逵道：「有甚難處！都依你便了。」

當晚兩個投客店安歇。次日五更起來，還了房錢，同行到前面，打火吃了飯。燕青道：「李大哥，你先走半里，我隨後來也。」那條路上衹見燒香的人來往不絶，多有講説任原的本事，「兩年在泰岳無對，今年又經三年了。」燕青聽得，有在心裏。申牌時候，將近廟上，傍邊衆人都立定脚，仰面在那裏看。燕青歇下擔兒，分開人叢，也挨向前看時，衹見兩條紅標柱，恰似坊巷牌額一般相似。上立一面粉牌，寫道：「太原相撲擎天柱任原」；傍邊兩行小字道：「拳打南山猛虎，脚踢北海蒼龍。」燕青看了，便扯匾擔將牌打得粉碎，也不説什麽，再挑了擔兒，望廟上去了。看的衆人多有好事的，飛報任原，説今年有劈牌放對的。

且説燕青前面迎着李逵，便來尋客店安歇。原來廟上好生熱鬧，不算一百二十行經商買賣，衹客店也有一千四五百家，延接天下香官。到菩薩聖節之時，也没安着人處，許多客店都歇滿了。燕青李逵衹得就市梢頭賃一所客店安下，把擔子歇了，取一床夾被教李逵睡着。店小二來問道：「大哥是山東貨郎，來廟上趕趁，怕敢出房錢不起？」燕青打着鄉談説道：「你好小覷人！一間小房，值得多少？便比一間大房錢，没處去了，别人出多少房錢，我也出多少還你。」店小二道：「大哥休怪。正是要緊的日脚，先説得明白最好。」燕青道：「我自來做買賣，倒不打緊，那裏不去歇了。不想路上撞見了這個鄉中親戚，現患氣病，因此衹得要討你店中歇。我先與你五貫銅錢，央及你就鍋中替我安排些茶飯，臨起身一發酬謝你。」小二哥接了銅錢，自去門前安排茶飯，不在話下。

没多時候，衹聽得店門外熱鬧。二三十條大漢走入店裏來，問小二哥道：「劈牌定對的好漢在那房裏安歇？」店小二道：「我這裏没有。」那伙人道：「都説在你店中。」小二哥道：「衹有兩眼房，空着一眼，一眼是個山東貨郎扶着一個病漢賃了。」那一伙人道：「正是那個貨郎兒劈牌定對。」店小二道：「休道别人取笑！那貨郎兒是一個小小後生，做得甚用！」那伙人齊道：「你衹引我們去張一張。」店小二指道：「那角落頭房裏便是。」衆人來看時，見緊閉着房門，都去窗子眼裏張時，見裏面床上，兩個人脚厮抵睡着。衆人尋思不下，數内有一個道：「既是敢來劈牌，要做天下對手，不是小可的人。怕人算他，以定是假裝做害病的。」衆人道：「正是了。都不要猜，臨期便見。」不到黄昏前後，店裏何止三二十伙人來打聽，分説得店小二口唇也破了。當晚搬飯與二人吃，衹見李逵從被窩裏鑽出頭來，小二哥見了吃一驚，叫聲：「阿也！這個是争跤的爺爺了！」燕青道：「争跤的不是他，他自病患在身。我便是徑來争跤的。」小二哥道：「你休要瞞我，我看任原吞得你在肚裏。」燕青道：「你休笑我，我自有法度教你們大笑一場，回來多把利物賞你。」小二哥看他兩個吃了晚飯，收了碗碟，自去厨頭洗刮，心中衹是不信。

次日，燕青和李逵吃了些早飯，分付道：「哥哥，你自拴了房門高睡。」燕青却隨了衆人來到岱岳廟裏看時，果然是天下第一。但見：

廟居岱岳，山鎮乾坤，爲山岳之至尊，乃萬神之領袖。山頭伏檻，直望見弱水蓬萊；絶頂攀鬆，盡都是密雲薄霧。樓臺森聳，疑是金烏展翅飛來；殿角棱層，定覺玉兔騰身走到。雕梁畫棟，碧瓦朱檐。鳳扉亮槅映黄紗，龜背綉簾垂錦帶。遥觀聖像，九旒冕舜目堯眉；近睹神顔，衮龍袍湯肩禹背。九天司命，芙蓉冠掩映絳綃衣；炳靈聖公，赭黄袍偏稱藍田帶。左侍下玉簪珠履，右侍下紫綬金章。閻殿威嚴，護駕三千金甲將；兩廊勇猛，勤王十萬鐵衣兵。五岳樓相接東宫，仁安殿緊連北闕。蒿裏山下，判官分七十二司；白騾廟中，土神按二十四氣。管火池，鐵面太尉月月通靈；掌生死，五道將軍年年顯聖。御香不斷，天神飛馬報丹書；祭祀依時，老幼望風皆獲福。嘉寧殿，祥雲杳靄；正陽門，瑞氣盤旋。萬民朝拜碧霞君，四遠歸依仁聖帝。

當時燕青游玩了一遭，却出草參亭，參拜了四拜。問燒香的道：『這相撲任教師在那裏歇？』便有好事人說：『在迎恩橋下那個大客店裏便是。他教着三二百個上足徒弟。』燕青聽了，徑來迎恩橋下看時，見橋邊欄杆子上，坐着二三十個相撲子弟，面前遍插鋪金旗牌，錦綉帳額，等身靠背。燕青閃入客店裏去看，見任原坐在亭心上。真乃有揭諦儀容，金剛貌相。坦開胸脯，顯存孝打虎之威；側坐胡床，有霸王拔山之勢。在那裏看徒弟相撲。數內有人認得燕青曾劈牌來，暗暗報與任原。祇見任原跳將起來，搧着膀子，口裏說道：『今年那個合死的，來我手裏納命。』燕青低了頭，急出店門，聽得裏面都笑。急回到自己下處，安排些酒食，與李逵同吃了一回。李逵道：『這們睡，悶死我也。』燕青道：『祇有今日一晚，明日便見雌雄。』當時閑話，都不必說。

三更前後，聽得一派鼓樂響，乃是廟上衆香官與聖帝上壽。四更前後，燕青、李逵起來，問店小二先討湯洗了面，梳光了頭，脱去了裏面衲襖，下面牢拴了腿綳護膝，匾扎起了熟絹水裩，穿了多耳麻鞋，上穿汗衫，搭膊系了腰。兩個吃了早飯，叫小二分付道：『房中的行李，你與我照管。』店小二應道：『并無失脱，早早得勝回來。』祇這小客店裏，也有三二十個燒香的，都對燕青道：『後生，你自斟酌，不要枉送了性命。』燕青道：『當下小人喝采之時，衆人可與小人奪些利物。』衆人都有先去了的。李逵道：『我帶了這兩把板斧去也好。』燕青道：『這個却使不得。被人看破，誤了大事。』當時兩個雜在人隊裏，先到廊下做一塊兒伏了。

那日燒香的人，真乃亞肩迭背。偌大一個東岳廟，一涌便滿了。屋脊梁上，都是看的人。朝着嘉寧殿，扎縛起山棚。棚上都是金銀器皿，錦綉緞匹。門外拴着五頭駿馬，全副鞍轡。知州禁住燒香的人，看這當年相撲獻聖。一個年老的部署，拿着竹批，上得獻臺，參神已罷，便請今年相撲的對手出馬争跤。說言未了，祇見人如潮涌，却早十數對哨棒過來，前面列着四把綉旗，那任原坐在轎上。這轎前轎後，三二十對花胳膊的好漢，前遮後擁，來到獻臺上。部署請下轎來，開了幾句温暖的呵會。任原道：『我兩年到岱岳，奪了頭籌，白白拿了若干利物。今年必用脱膊。』說罷，見一個拿水桶的上來。任原的徒弟都在獻臺邊，一周遭都密密地立着。且說任原先解了搭膊，除了巾幘，虛籠着蜀錦襖子，喝了一聲參神喏，受了兩口神水，脱下錦襖。百十萬人齊喝一聲采。看那任原時，怎生打扮？

頭綰一窩穿心紅角子，腰系一條絳羅翠袖。三串帶兒拴十二個玉蝴蝶牙子扣兒，主腰上排數對金鴛鴦踅褶襯衣。護膝中有銅襠銅褲，繳臁内有鐵片鐵環。扎腕牢拴，踢鞋緊系。世間架海擎天柱，岳下降魔斬將人。

那部署道：『教師兩年在廟上不曾有對手，今年是第三番了。教師有甚言語，安復天下衆香官？』任原道：『四百座軍州，七千餘縣治，好事香官恭敬聖帝，都助將利物來。任原兩年白受了。今年辭了聖帝還鄉，再也不上山來了。東至日出，西至日没，兩輪日月，一合乾坤，南及南蠻，北濟幽燕，敢有和我争利物的麼？』說猶未了，燕青捺着兩邊人的肩臂，口中叫道：『有，有！』從人背上直飛搶到獻臺上來。衆人齊發聲喊。那部署接着問道：『漢子，你姓甚名誰？那裏人氏？你從何處來？』燕青道：『我是山東張貨郎，特地來和他争利物。』那部署道：『漢子，性命祇在眼前，你省得麼？你有保人也無？』燕青道：『我就是保人，死了要誰償命！』部署道：『你且脱膊下來看。』燕青除了頭巾，光光的梳着個角兒，脱下草鞋，赤了雙脚，蹲在獻臺一邊，解了腿綳護膝，跳將起來，把布衫脱將下來，吐個架子。則見廟裏的看官，如攪海翻江相似，迭頭價喝采，衆人都看呆了。

任原看了他這花綉急健身材，心裏倒有五分怯他。殿門外月臺上，本州太守坐在那裏彈壓，前後皂衣公吏，環列七八十對，隨即使人來叫。燕青下獻臺，直到面前。太守見了他這身花綉，一似玉亭柱上鋪着軟翠，心中大喜，問道：『漢子，你是那裏人家？因何到此？』燕青道：『小人姓張，排行第一。山東萊州人氏。聽得任原搦天下人相撲，特來和他争跤。』知州道：『前面那匹全副鞍馬，是我出的利物，把與任原；山棚上應有物件，我主張分一半與你。你兩個分了罷。我自抬舉你在我身邊。』

燕青道：『相公，這利物倒不打緊，衹要攧翻他，教衆人取笑，圖一聲喝采。』知州道：『他是金剛般一條大漢，你敢近他不得！』燕青道：『死而無怨。』再上獻臺來，要與任原定對。部署問他先要了文書，懷中取出相撲社條，讀了一遍，對燕青道：『你省得麼？不許暗算。』燕青冷笑道：『他身上都有準備，我單單衹這個水裩兒，暗算他什麼？』知州又叫部署來分付道：『這般一個漢子，俊俏後生，可惜了。你去與他分了這撲。』部署隨即上獻臺，又對燕青道：『漢子，你留了性命還鄉去，我與你分了這撲。』燕青道：『你好不曉事！知是我贏我輸？』衆人都和起來。衹見分開了數萬香官，兩邊排得似魚鱗一般，廊廡屋脊上也都坐滿，衹怕遮着了這對相撲。任原此時，有心恨不得把燕青丢去九霄雲外，跌死了他。部署道：『既然你兩個要相撲，今年且賽這對獻聖。都要小心着，各各在意。』净净地獻臺上衹三個人。此時宿霧盡收，旭日初起。部署拿着竹批，兩邊分付已了，叫聲：『看撲。』

這個相撲，一來一往，最要說得分明。說時遲，那時疾，正如空中星移電掣相似，些兒遲慢不得。當時，燕青做一塊兒蹲在右邊，任原先在左邊立個門户。燕青則不動彈。初時，獻臺上各占一半，中間心裏合交。任原見燕青不動彈，看看逼過右邊來。燕青衹瞅他下三面。任原暗忖道：『這人必來算我下三面，你看我不消動手，衹一脚踢這厮下獻臺去。』任原看看逼將入來，虚將左脚賣個破綻。燕青叫一聲：『不要來！』任原却待奔他，被燕青去任原左脅下穿將過去。任原性起，急轉身又來拿燕青，被燕青虚躍一躍，又在右脅下鑽過去。大漢轉身終是不便，三換換得脚步亂了。燕青却搶將入去，用右手扭住任原，探左手插入任原交襠，用肩胛頂住他胸脯，把任原直托將起來，頭重脚輕，借力便旋，五旋旋到獻臺邊，叫一聲：『下去！』把任原頭在下，脚在上，直攛下獻臺來。這一撲，名唤做鵓鴿旋。數萬香官看了，齊聲喝采。那任原的徒弟們，見攧翻了他師父，先把山棚拽倒，亂搶了利物。衆人亂喝打時，那二三十徒弟搶入獻臺來。知州那裏治押得住。不想傍邊惱犯了這個太歲，却是黑旋風李逵看見了，睁圓怪眼，倒竪虎鬚，面前别無器械，便把杉刺子撧葱般拔斷，拿兩條杉木在手，直打將來。

香官數內有人認得李逵的，說將出名姓來，外面做公的人齊入廟裏，大叫道：『休教走了梁山泊黑旋風！』那知州聽得這話，從頂門上不見了三魂，脚底下疏失了七魄，便投後殿走了。四下裏的人涌并圍將來，廟裏香官各自奔走。李逵看任原時，跌得昏暈，倒在獻臺邊，口内衹有些游氣。李逵揭塊石板，把任原頭打得粉碎。兩個從廟裏打將出來，門外弓箭亂射入來。燕青、李逵衹得爬上屋去，揭瓦亂打。

不多時，衹聽得廟門前喊聲大舉，有人殺將入來。當頭一個頭領，白范陽氈笠兒，身穿白段子襖，跨口腰刀，挺條樸刀。那漢是北京玉麒麟盧俊義。後面帶着史進、穆弘、魯智深、武松、解珍、解寶七條好漢，引一千餘人，殺開廟門，入來策應。燕青、李逵見了，便從屋上跳將下來，跟着大隊便走。李逵又去客店裏拿了雙斧，趕來斯殺。這府裏整點得官軍來時，那伙好漢已自去得遠了。官兵已知梁山泊人衆難敵，不敢來追趕。却說盧俊義便叫收拾李逵回去。行了半日，路上又不見了李逵。盧俊義又笑道：『正是招灾惹禍！必須使人尋他上山。』穆弘道：『我去尋他回寨。』盧俊義道：『最好。』

且不說盧俊義引衆還山。却說李逵手持雙斧，直到壽張縣。當日午衙方散，李逵來到縣衙門口，大叫入來：『梁山泊黑旋風爹爹在此！』嚇得縣中人手脚都麻木了，動彈不得。原來這壽張縣貼着梁山泊最近，若聽得『黑旋風李逵』五個字，端的醫得小兒夜啼驚哭。今日親身到來，如何不怕！當時李逵徑去知縣椅子上坐了，口中叫道：『着兩個出來說話，不來時便放火。』廊下房内衆人商量，衹得着幾個出去答應，『不然，怎地得他去。』數内兩個吏員出來廳上，拜了四拜，跪着道：『頭領到此，必有指使。』李逵道：『我不來打攪你縣裏人，因往這裏經過，閑耍一遭。請出你知縣來，我和他斯見。』兩個去了，出來回話道：『知縣相公却才見頭領來，開了後門，不知走往那裏去了。』

李逵不信，自轉入後堂房裏來尋，却見有那幞頭衣衫匣子在那裏放着。李逵扭開鎖，取出幞頭，插上展角，將來帶了，把緑袍公服穿上，把角帶系了，再尋朝靴，換了麻鞋，拿着槐簡，走出廳前，大叫道：『吏典人等，都來參見！』衆人没奈何，衹得上去答應。李逵道：『我這般打扮，也好麽？』衆人道：『十分相稱。』李逵道：『你們令史衹候，都與我排衙了便去。若不依我，這縣都翻做白地。』衆人怕他，衹得聚集些公吏人來，擎着牙杖骨朵，打了三通擂鼓，向前聲喏。

李逵呵呵大笑。又道：『你衆人内，也着兩個來告狀。』吏人道：『頭領在此坐地，誰敢來告狀。』李逵道：『可知人不來告狀，你這裏自着兩個裝做告狀的來告，我又不傷他，衹是取一回笑耍。』公吏人等商量了一回，衹得着兩個牢子，裝做斯打的來告狀。縣門外百姓都放來看。兩個跪在廳前，這個告道：『相公可憐見，他打了小人。』那個告：『他罵了小人，我才打他。』李逵道：『那個是吃打的？』原告道：『小人是吃打的。』又問道：『那個是打了他的？』被告道：『他先罵了，小人是打他來。』李逵道：『這個打了人的是好漢，先放了他去。這個不長進的，怎地吃人打了？與我枷號在衙門前示衆。』李逵起身，把緑袍抓扎起，槐簡揣在腰裏，掣出大斧，直看着枷了那個原告人，號令在縣門前，方才大踏步去了。也不脱那衣靴。縣門前看的百姓，那裏忍得住笑。正在壽張縣前，走過東，走過西，忽聽得一處學堂讀書之聲。李逵揭起簾子，走將入去。嚇得那先生跳窗走了。衆學生們哭的哭，叫的叫，跑的跑，躲的躲。李逵大笑出門來，正撞着穆弘。穆弘叫道：『衆人憂得你苦，你却在這裏風！快上山去！』那裏由他，拖着便走。李逵衹得離了壽張縣，徑奔梁山泊來。有詩爲證：

牧民縣令古賢良，想是腌臢没主張。怪殺李逵無道理，琴堂鬧了鬧書堂。

二人渡過金沙灘，到得寨裏。衆人見了李逵這般打扮，都笑。到得忠義堂上，宋江正與燕青慶喜，衹見李逵放下緑襴袍，去了雙斧，摇摇擺擺，直至堂前，執着槐簡，來拜宋江。拜不得兩拜，把這緑襴袍踏裂，絆倒在地。衆人都笑。宋江罵道：『你這斯忒大膽，不曾着我知道，私走下山。這是該死的罪過！但到處，便惹起事端。今日對衆兄弟說過，再不饒你！』李逵喏喏連聲而退。梁山泊自此人馬平安，都無甚事，每日在山寨中教演武藝，操練人馬。令會水者上船習學。各寨中添造軍器、衣袍、鎧甲、槍刀、弓箭、牌弩、旗幟，不在話下。

且説泰安州備將前事申奏東京，進奏院中又有收得各處州縣申奏表文，皆爲宋江等反亂騷擾一事。大卿類總啓奏。是日景陽鐘響，都來到待漏院中，伺候早朝，面奏天子。此時道君皇帝有一個月不曾臨朝視事。當日早朝，正是：三下静鞭鳴御閣，兩班文武列金階。聖主臨朝，百官拜罷，殿頭官喝道：『有事出班早奏，無事卷簾退朝。』進奏院卿出班奏曰：『臣院中收得各處州縣累次表文，皆爲宋江等部領賊寇，公然直進府州，劫掠庫藏，搶擄倉廒，殺害軍民，貪厭無足。所到之處，無人可敵。若不早爲剿捕，日後必成大患。伏乞陛下聖鑒。』天子乃云：『去年上元夜，此寇鬧了京國，今年又往各處騷擾，何况那裏附近州郡。我已累次差遣樞密院進兵，至今不見回奏。』旁有御史大夫崔靖出班奏曰：『臣聞梁山泊上立一面大旗，上書「替天行道」四字。此是曜民之術。民心既伏，不可加兵。即自遼兵犯境，各處軍馬遮掩不及。若要起兵征伐，深爲不便。以臣愚意，此等山間亡命之徒，皆犯官刑，無路可避，遂乃嘯聚山林，恣爲不道。若降一封丹詔，光禄寺頒給御酒珍羞，差一員大臣，直到梁山泊好言撫諭，招安來降，假此以敵遼兵，公私兩便。伏乞陛下聖鑒。』天子云：『卿言甚當，正合朕意。』便差殿前太尉陳宗善爲使，賫擎丹詔御酒，前去招安梁山泊大小人數。是日朝散，陳太尉領了詔敕，回家收拾。不争陳太尉捧詔招安，有分教：千千金戈鐵騎，密布山頭；簇簇戰艦艨艟，平鋪水面。誤衝邪祟，惱犯魔王。正是：香醪翻做燒身藥，丹詔應爲引戰書。

畢竟陳太尉怎地去招安宋江，且聽下回分解。

第七十五回　活閻羅倒船偷御酒　黑旋風扯詔駡欽差

話説陳宗善領了詔書，回到府中，收拾起身。多有人來作賀：『太尉此行，一爲國家幹事，二爲百姓分憂，軍民除害。梁山泊以忠義爲主，衹待朝廷招安。太尉可着些甜言美語，加意撫恤。留此清名，以傳萬代。』正話間，衹見太師府幹人來請，説道：『太師相邀太尉説話。』陳宗善上轎，直到新宋門大街太師府前下轎。幹人直引進節堂内書院中，見了太師，側邊坐下。茶湯已罷，蔡太師問道：『聽得天子差你去梁山泊招安，特請你來説知：到那裏不要失了朝廷綱紀，亂了國家法度。你曾聞《論語》有云：「行己有耻，使于四方，不辱君命，可謂使矣。」』陳太尉道：『宗善盡知。承太師指教。』蔡京又道：『我叫這個幹人跟隨你去。他多省得法度，怕你見不到處，就與你提撥。』陳太尉道：『深感恩相厚意。』辭了太師，引着幹人，離了相府，上轎回家。方才歇定，門吏來報：『高殿帥下馬。』陳太尉慌忙出來迎接，請到廳上坐定。叙問寒温已畢，高太尉道：『今日朝廷商量招安宋江一事，若是高俅在内，必然阻住。况此賊輩，累辱朝廷，罪惡滔天。今更赦宥罪犯，引入京城，必成後患。欲待回奏，玉音已出。且看大意何如。若還此寇仍昧良心，怠慢聖旨，太尉早早回京，不才奏過天子，整點大軍，親身到彼，剪草除根，是吾之願。太尉此去，下官手下有個虞候，能言快語，問一答十，好與太尉提撥事情。』陳太尉謝道：『感蒙殿帥憂心。』高俅起身，陳太尉送至府前，上馬去了。

次日，蔡太師府張幹辦，高殿帥府李虞候，二人都到了。陳太尉拴束馬匹，整點人數，將十瓶御酒，裝在龍鳳擔内挑了，前插黄旗。陳太尉上馬，親隨五六人，張幹辦、李虞候都乘馬匹，丹詔背在前面，引一行人出新宋門。以下官員亦有送路的，都回去了。迤邐來到濟州，太守張叔夜接着，請到府中，設筵相待，動問招安一節。陳太尉都説了備細。張叔夜道：『論某愚意，招安一事最好。衹是一件：太尉到那裏須是陪些和氣，用甜言美語撫恤他衆人。好共歹，衹要成全大事。太尉留個清名于萬古。他數内有幾個性如烈火的漢子，倘或一言半語衝撞了他，

小七道：『衹怕有毒。我且做個不着，先嚐些個。』也無碗瓢，和瓶便呷，一飲而盡。阮小七吃了一瓶道：『有些滋味。一瓶那裏濟事，再取一瓶來！』又一飲而盡。吃得口滑，一連吃了四瓶。阮小七道：『怎地好？』水手道：『船梢頭有一桶白酒在那裏。』阮小七道：『與我取舀水的瓢來，我都教你們到口。』將那六瓶御酒，都分與水手衆人吃了，却裝上十瓶村醪水白酒，還把原封頭縛了，再放在龍鳳擔內，飛也似搖着船來。趕到金沙灘，却好上岸。

宋江等都在那裏迎接，香花燈燭，鳴金擂鼓，并山寨裏村樂，一齊都響。將御酒擺在桌子上，每一桌令四個人抬，詔書也在一個桌子上抬着。陳太尉上岸，宋江等接着，納頭便拜。宋江道：『文面小吏，罪惡迷天，曲辱貴人到此，接待不及，望乞恕罪。』李虞候道：『太尉是朝廷大貴人，大臣來招安你們，非同小可，如何把這等漏船，差那不曉事的村賊乘駕，險些兒誤了大貴人性命！』宋江道：『我這裏有的是好船，怎敢把漏船來載貴人。』張幹辦道：『太尉衣襟上兀自濕了，你如何要賴！』宋江背後，五虎將緊隨定，不離左右，又有八驃騎將簇擁前後。見這李虞候、張幹辦在宋江前面指手劃脚，你來我去，都有心要殺這廝，衹是礙着宋江一個，不敢下手。

當日宋江請太尉上轎，開讀詔書。四五次才請得上轎。牽過兩匹馬來與張幹辦、李虞候騎，這兩個男女，不知身已多大，裝煞臭幺。宋江央及得上馬行了，令衆人大吹大擂，迎上三關來。宋江等一百餘個頭領都跟在後面，直迎至忠義堂前，一齊下馬，請太尉上堂。正面放着御酒、詔匣，陳太尉、張幹辦、李虞候立在左邊，蕭讓、裴宣立在右邊。宋江叫點衆頭領時，一百七人，于內單衹不見了李逵。此時是四月間天氣，都穿夾羅戰襖，跪在堂上，拱聽開讀。陳太尉于詔書匣內取出詔書，度與蕭讓。裴宣贊禮，衆將拜罷。蕭讓展開詔書，高聲讀道：

『制曰：文能安邦，武能定國。五帝憑禮樂而有封疆，三皇用殺伐而定天下。事從順逆，人有賢愚。朕承祖宗之大業，開日月之光輝，普天率土，罔不臣伏。近爲宋江等輩，嘯聚山林，劫擄郡邑。本欲用彰天討，誠恐勞我生民。今差太尉陳宗善前來招安。詔書到日，即將應有錢糧、軍器、馬匹、船隻，目下納官，拆毀巢穴，率領赴京，原免本罪。倘或仍昧良心，違戾詔制，天兵一至，齠齔不留。故茲詔示，想宜知悉。

宣和三年孟夏四月日詔示。」

蕭讓却才讀罷，宋江已下皆有怒色。祇見黑旋風李逵從梁上跳將下來，就蕭讓手裏奪過詔書，扯的粉碎，便來揪住陳太尉，拽拳便打。此時宋江、盧俊義大橫身抱住，那裏肯放他下手。恰才解拆得開，李虞候喝道：『這廝是什麽人？敢如此大膽！』李逵正没尋人打處，劈頭揪住李虞候便打，喝道：『寫來的詔書是誰說的話？』張幹辦道：『這是皇帝聖旨。』李逵道：『你那皇帝正不知我這裏衆好漢，來招安老爺們，倒要做大！你的皇帝姓宋，我的哥哥也姓宋，你做得皇帝，偏我哥哥做不得皇帝！你莫要來惱犯着黑爹爹，好歹把你那寫詔的官員盡都殺了！』衆人都來解勸，把黑旋風推下堂去。

宋江道：『太尉且寬心，休想有半星兒差池。且取御酒教衆人沾恩。』隨即取過一副嵌寶金花盅，令裴宣取一瓶御酒，傾在銀酒海內看時，却是村醪白酒。再將九瓶都打開傾在酒海內，却是一般的淡薄村醪。衆人見了，盡都駭然，一個個都走下堂去了。魯智深提着鐵禪杖，高聲叫罵：『入娘撮鳥，忒煞是欺負人！把水酒做御酒來哄俺們吃！』赤髮鬼劉唐也挺着樸刀殺上來，行者武松掣出雙戒刀，没遮攔穆弘、九紋龍史進一齊發作。六個水軍頭領都罵下關去了。宋江見不是話，横身在裏面攔當，急傳將令，叫轎馬護送太尉下山，休教傷犯。此時四下大小頭領，一大半鬧將起來。宋江、盧俊義祇得親身上馬，將太尉并開詔一干人數，護送下三關，再拜伏罪：『非宋江等無心歸降，實是草詔的官員不知我梁山泊裏彎曲。若以數句善言撫恤，我等盡忠報國，萬死無怨。太尉若回到朝廷，善言則個。』急急送過渡口。這一干人嚇的屁滾尿流，飛奔濟州去了。

却說宋江回到忠義堂上，再聚衆頭領筵席。宋江道：『雖是朝廷詔旨不明，你們衆人也忒性躁。』吳用道：『哥哥你休執迷，招安須自有日。如何怪得衆弟兄們發怒，朝廷忒不將人爲念。如今閑話都打迭起，兄長且傳將令，

馬軍拴束馬匹，步軍安排軍器，水軍整頓船隻。早晚必有大軍前來征討，一兩陣殺得他人亡馬倒，片甲不回，夢着也怕，那時却再商量。』衆人道：『軍師言之極當。』是日散席，各歸本帳。

且說陳太尉回到濟州，把梁山泊開詔一事訴與張叔夜。張叔夜道：『敢是你們多説甚言語來？』陳太尉道：『我幾曾敢發一言。』張叔夜道：『既是如此，枉費了心力，壞了事情。太尉急急回京，奏知聖上，事不宜遲。』陳太尉、張幹辦、李虞候一行人從，星夜回京來，見了蔡太師，備説梁山泊賊寇扯詔毀謗一節。蔡京聽了，大怒道：『這伙草寇，安敢如此無禮！堂堂宋朝天下，如何教你這伙横行！』陳太尉哭道：『若不是太師福蔭，小官粉骨碎身在梁山泊。今日死裏逃生，再見恩相。』太師隨即叫請童樞密，高、楊二太尉，都來相府商議軍情重事。無片時，都請到太師府白虎堂内。衆官坐下，蔡太師教喚過張幹辦、李虞候，備説梁山泊扯詔毀謗一事。楊太尉道：『這伙賊徒，如何主張招安他！當初是那一個官奏來？』高太尉道：『那日我若在朝内，必然阻住，如何肯行此事。』童樞密道：『鼠竊狗盗之徒，何足慮哉！區區不才，親引一支軍馬，克時定日，掃清水泊而回。』衆官道：『來日奏聞。』當下都散。

次日早朝，衆官都在御階伺候。三呼萬歲，君臣禮畢。蔡太師出班，將此事上奏天子。天子大怒，問道：『當日誰奏寡人，主張招安？』侍臣給事中奏道：『此日是御史大夫崔靖所言。』天子教拿崔靖送大理寺問罪。天子又問蔡京道：『此賊爲害多時，差何人可以收勦？』蔡太師奏道：『非以重兵，不能收伏。以臣愚意，必得樞密院官親率大軍前去勦捕，可以刻日取勝。』天子教宣樞密使童貫，問道：『卿肯領兵收捕梁山泊草寇？』童貫跪下奏曰：『古人有云：孝當竭力，忠則盡命。臣願效犬馬之勞，以除心腹之患。』高俅、楊戩亦皆保舉。天子隨即降下聖旨，賜與金印、兵符，拜東廳樞密使童貫爲大元帥，任從各處選調軍馬，前去勦捕梁山泊賊寇，揀日出師起行。不是童貫引大軍來，正是：祇憑飛虎三千騎，卷起貔貅百萬兵。

畢竟童貫領了大軍怎地出師，且聽下回分解。

第七十六回　吳加亮布四斗五方旗　宋公明排九宮八卦陣

話説樞密使童貫，受了天子統軍大元帥之職，徑到樞密院中，便發調兵符驗，要撥東京管下八路軍州，各起軍一萬，就差本處兵馬都監統率；又于京師御林軍内選點二萬，守護中軍。樞密院下一應事務，盡委副樞密使掌管。御營中選兩員良將爲左羽、右翼。號令已定，不旬日之間諸事完備。一應接續軍糧，并是高太尉差人趲運。那八路軍馬？

睢州兵馬都監　段鵬舉　鄭州兵馬都監　陳翥
陳州兵馬都監　吳秉彝　唐州兵馬都監　韓天麟
許州兵馬都監　李明　鄧州兵馬都監　王義
洳州兵馬都監　馬萬里　嵩州兵馬都監　周信

御營中選到左羽、右翼良將二員爲中軍，那二人？

御前飛龍大將　酆美　御前飛虎大將　畢勝

童貫掌握中軍爲主帥，號令大小三軍齊備，武庫撥降軍器，選定吉日出師。高太尉、楊太尉設筵餞行。朝廷着仰中書省一面賞軍。且説童貫已令衆將次日先驅軍馬出城，然後拜辭天子，飛身上馬，出這新曹門外，五里短亭，衹見高、楊二太尉爲首，率領衆官先在那裏等候。童貫下馬，高太尉執盞擎杯，與童貫道：『樞密相公此行，與朝廷必建大功，早奏凱歌。此寇騎伏水窪，不可輕進，衹須先截四邊糧草，堅固寨柵，誘此賊下山，然後可以進兵。那時一個個生擒活捉，庶不負朝廷委用。望乞樞密相公裁之。』童貫道：『重蒙教誨，刻骨銘心，不敢有忘。』各飲罷酒。楊太尉也來執盅，與童貫道：『樞相素讀兵書，深知韜略，剿擒此寇，易如反掌。爭奈此賊騎伏水泊，地利未便。樞相到彼，必有良策。』童貫道：『下官到彼，見機而作，自有法度。』高、楊二太尉一齊進酒，賀道：『都

門之外，懸望凱旋。』相別之後，各自上馬。有各衙門合屬官員送路的，不知其數，或回，或送半路途回京，皆不必説。大小三軍一齊進發，人人要鬥，個個欲爭。一行人馬各隨隊伍，甚是嚴整。前軍四隊，先鋒總領行軍；後軍四隊，合後將軍監督；左右八路軍馬，羽翼旗牌催督；童貫鎮握中軍，總統馬步羽林軍二萬，都是御營選揀的人。童貫執鞭指點軍兵進發。怎見得軍容整肅？但見：

兵分九隊，旗列五方。綠沉槍，點鋼槍，鵶角槍，布遍野光芒；青龍刀，偃月刀，雁翎刀，生滿天殺氣。雀畫弓，鐵胎弓，寶雕弓，對插飛魚袋內；射虎箭，狼牙箭，柳葉箭，齊攢獅子壺中。鞲車弩，漆抹弩，脚登弩，排滿前軍；開山斧，偃月斧，宣花斧，緊隨中隊。竹節鞭，虎眼鞭，水磨鞭，齊懸在肘上；流星錘，雞心錘，飛抓錘，各帶在身邊。方天戟豹尾翩翻，丈八矛珠纓錯落。龍文劍掣一汪秋水，虎頭牌畫幾縷春雲。先鋒猛勇，領拔山開路之精兵；元帥英雄，統喝水斷橋之壯士。左統軍振舉威風，有斬將奪旗之手段；右統軍恢弘膽略，懷安邦濟世之才能。碧油幢下，東廳樞密總中軍；寶纛旗邊，護駕親軍爲羽翼。震天鼙鼓搖山岳，映日旌旗避鬼神。

當日童貫離了東京，迤邐前進，不一二日已到濟州界分，太守張叔夜出城迎接，大軍屯住城外。衹見童貫引輕騎入城，至州衙前下馬。張叔夜邀請至堂上，拜罷，起居已了，侍立在面前。童樞密道：『水窪草賊，殺害良民，邀劫商旅，造惡非止一端。往往剿捕，蓋爲不得其人，致容滋蔓。吾今統率大軍十萬，戰將百員，刻日要掃清山寨，擒拿衆賊，以安兆民。』張叔夜答道：『樞相在上：此寇騎伏水泊，雖然是山林狂寇，中間多有智謀勇烈之士。樞相勿以怒氣自激，引軍長驅；必用良謀，可成功績。』童貫聽了大怒，駡道：『都似你這等畏懼懦弱匹夫，畏刀避劍，貪生怕死，誤了國家大事，以致養成賊勢。吾今到此，有何懼哉！』張叔夜那裏敢再言語，且備酒食供送。童樞密隨即出城，次日驅領大軍，近梁山泊下寨。

且説宋江等已有細作人探知多日了。宋江與吳用已自鐵桶般商量下計策，衹等大軍到來。告示諸將，各要遵依，

毋得差錯。

再說童樞密調撥軍兵，點差睢州兵馬都監段鵬舉爲正先鋒，鄭州都監陳翥爲副先鋒，陳州都監吳秉彝爲正合後，許州都監李明爲副合後，唐州都監韓天麟、鄧州都監王義二人爲左哨，洳州都監馬萬里、嵩州都監周信二人爲右哨，龍虎二將酆美、畢勝爲中軍羽翼。童貫爲元帥，統領大軍，全身披挂，親自監督。戰鼓三通，諸軍盡起。行不過十里之外，塵土起處，早有敵軍哨路，來的漸近。鸞鈴響處，約有三十餘騎哨馬，都戴青包巾，各穿綠戰襖，馬上盡系着紅纓，每邊拴挂數十個銅鈴，後插一把雉尾，都是釧銀細杆長槍，輕弓短箭。爲頭的戰將是誰？怎生打扮？但見：

槍横鴉角，刀插蛇皮。銷金的巾幘佛頭青，挑綉的戰袍鸚哥綠。腰系絨縧真紫色，足穿氣襪軟香皮。雕鞍後對懸錦袋，內藏打將的石子；戰馬邊緊挂銅鈴，後插招風的雉尾。驃騎將軍没羽箭，張清哨路最當先。

馬上來的將軍，號旗上寫的分明：「巡哨都頭領没羽箭張清。」左有龔旺，右有丁得孫。直哨到童貫軍前，相離不遠，衹隔百十步，勒馬便回。前軍先鋒二將不得軍令，不敢亂動，報至中軍主帥。童貫親到軍前，覷猶未盡，張清又哨將來。童貫欲待遣人追戰，左右説道：「此人鞍後錦袋中都是石子，去不放空，不可追趕。」張清連哨了三遭，不見童貫進兵，返回。行不到五里，衹見山背後鑼聲響動，早轉出五百步軍來。當先四個步軍頭領，乃是黑旋風李逵、混世魔王樊瑞、八臂那吒項充、飛天大聖李衮，直奔前來。但見：

人人虎體，個個彪形。當先兩座惡星神，隨後二員真殺曜。李逵手持雙斧，樊瑞腰掣龍泉。項充牌畫玉爪狻猊，李衮牌描金睛獅豸。五百人絳衣赤襖，一部從紅旆朱纓。青山中走出一群魔，綠林內迸開三昧火。

那五百步軍就山坡下一字兒擺開，兩邊團牌齊齊扎住。童貫領軍在前見了，便將玉麈尾一招，大隊軍馬衝擊前去。李逵、樊瑞引步軍分開兩路，都倒提着蠻牌，踅過山脚便走。童貫大軍趕出山嘴，衹見一派平川曠野之地，就把軍馬列成陣勢。遥望李逵、樊瑞，度嶺穿林，都不見了。童貫中軍立起攢木將臺，令撥法官二員上去，左招右展，一起一伏，擺作四門斗底陣。陣勢才完，祇聽得山後炮響，就後山飛出一彪軍馬來。前面先鋒擺布已定，祇等敵軍到來相戰。童貫令左右攏住戰馬，自上將臺看時，祇見山東一路軍馬涌出來，前一隊軍馬紅旗，第二隊雜彩旗，第三隊青旗，第四隊又是雜彩旗；祇見山西一路人馬也涌來，前一隊人馬是雜彩旗，第二隊白旗，第三隊又是雜彩旗，第四隊皂旗。旗背後盡是黄旗。大隊軍將，急先涌來，占住中央，裏面列成陣勢。遠觀未實，近睹分明。正南上這隊人馬，盡都是火焰紅旗，紅甲紅袍，朱纓赤馬。前面一把引軍紅旗，上面金銷南斗六星，下綉朱雀之狀。那把旗招展動處，紅旗中涌出一員大將，怎生結束？但見：

盔頂朱纓飄一顆，猩猩袍上花千朵。獅蠻帶束紫玉團，狻猊甲露黄金鎖。狼牙木棍鐵釘排，龍駒遍體胭脂抹。
紅旗招展半天霞，正按南方丙丁火。

號旗上寫得分明：『先鋒大將霹靂火秦明。』左右兩員副將，左手是聖水將單廷珪，右邊是神火將魏定國。三員大將手搭兵器，都騎赤馬，立于陣前。東壁一隊人馬盡是青旗，青甲青袍，青纓青馬。前面一把引軍青旗，上面金銷東斗四星，下綉青龍之狀。那把旗招展動處，青旗中涌出一員大將，怎生打扮？但見：

藍靛包巾光滿目，翡翠徵袍花一簇。鎧甲穿連獸吐環，寶刀閃爍龍吞玉。
青驄遍體粉團花，戰襖護身鸚鵡緑。碧雲旗動遠山明，正按東方甲乙木。

號旗上寫得分明：『左軍大將大刀關勝。』左右兩員副將，左手是醜郡馬宣贊，右手是井木犴郝思文。三員大將手搭兵器，都騎青馬，立于陣前。西壁一隊人馬盡是白旗，白甲白袍，白纓白馬。前面一把引軍白旗，上面金銷西斗五星，下綉白虎之狀。那把旗招展動處，白旗中涌出一員大將，怎生結束？但見：

漠漠寒雲護太陰，梨花萬朵迭層琛。素色羅袍光閃閃，爛銀鎧甲冷森森。
賽霜駿馬騎獅子，出白長槍搭緑沉。一簇旗幡飄雪練，正按西方庚辛金。

號旗上寫得分明：『右軍大將豹子頭林冲。』左右兩員副將，左手是鎮三山黄信，右手是病尉遲孫立。三員大將手搭兵器，都騎白馬，立于陣前。後面一簇人馬盡是皂旗，黑甲黑袍，黑纓黑馬。前面一把引軍黑旗，上面金銷北斗七星，下綉玄武之狀。那把旗招展動處，黑旗中涌出一員大將，怎生打扮？但見：

堂堂卷地烏雲起，鐵騎强弓勢莫比。皂羅袍穿龍虎軀，烏油甲挂豺狼體。
鞭似烏龍搭兩條，馬如潑墨行千里。七星旗動玄武摇，正按北方壬癸水。

號旗上寫得分明：『合後大將雙鞭呼延灼。』左右兩員副將，左手是百勝將韓滔，右手是天目將彭玘。三員大將手持兵器，都騎黑馬，立于陣前。東南方門旗影裏，一隊軍馬，青旗紅甲。前面一把引軍綉旗，上面金銷巽卦，下綉飛龍。那把旗招展動處，捧出一員大將，怎生結束？但見：

擐甲披袍出戰場，手中拈着兩條槍。雕弓鸞鳳壺中插，寶劍沙魚鞘内藏。
束霧衣飄黄錦帶，騰空馬頓紫絲繮。青旗紅焰龍蛇動，獨據東南守巽方。

號旗上寫得分明：『虎軍大將雙槍將董平。』左右兩員副將，左手是摩雲金翅歐鵬，右手是火眼狻猊鄧飛。手持兵器，都騎戰馬，立于陣前。西南方門旗影裏，一隊軍馬，紅旗白甲。前面一把引軍綉旗，上面金銷坤卦，下綉飛熊。那把旗招展動處，捧出一員大將，怎生打扮？但見：

當先涌出英雄將，赳赳威風添氣象。魚鱗鐵甲緊遮身，鳳翅金盔拴護項。
衝波戰馬似龍形，開山大斧如弓樣。紅旗白甲火光飛，正據西南坤位上。

號旗上寫得分明：『驃騎大將急先鋒索超。』左右兩員副將，左手是錦毛虎燕順，右手是鐵笛仙馬麟。三員大將手持兵器，都騎戰馬，立于陣前。東北方門旗影裏，一隊軍馬，皂旗青甲。前面一把引軍綉旗，上面金銷艮卦，下綉飛豹。那把旗招展動處，捧出一員大將，怎生結束？但見：

虎坐雕鞍膽氣昂，彎弓插箭鬼神慌。朱纓銀蓋遮刀面，絨縷金鈴貼馬旁。
盔頂穰花紅錯落，甲穿柳葉翠遮藏。皂旗青甲烟雲內，東北天山守艮方。

號旗上寫得分明：『驃騎大將九紋龍史進。』左右兩員副將，左手是跳澗虎陳達，右手是白花蛇楊春。三員大將手持兵器，都騎戰馬，立于陣前。西北方門旗影裏，一隊軍馬，白旗黑甲。前面一把引軍旗，上面金銷幹卦，下綉飛虎。那把旗招展動處，捧出一員大將，怎生打扮？但見：

雕鞍玉勒馬嘶風，介冑棱層黑霧蒙。豹尾壺中銀鈚箭，飛魚袋内鐵胎弓。
甲邊翠縷穿雙鳳，刀面金花嵌小龍。一簇白旗飄黑甲，天門西北是乾宮。

號旗上寫得分明：『驃騎大將青面獸楊志。』左右兩員副將，左手是錦豹子楊林，右手是小霸王周通。三員大將手持兵器，都騎戰馬，立于陣前。八方擺布的鐵桶相似，陣門裏馬軍隨馬隊，步軍隨步隊，各持鋼刀大斧，闊劍長槍，旗幡齊整，隊伍威嚴。去那八陣中央，衹見團團一遭都是杏黃旗，間着六十四面長脚旗，上面金銷六十四卦，亦分四門。南門都是馬軍。正南上黃旗影裏，捧出兩員上將，一般結束。怎生披挂？但見：

熟銅鑼間花腔鼓，簇簇攢攢分隊伍。戧金鎧甲赭黃袍，剪絨戰襖葵花舞。
垓心兩騎馬如龍，陣内一雙人似虎。周圍繞定杏黃旗，正按中央戊己土。

那兩員首將都騎黃馬，上首是美髯公朱仝，下首是插翅虎雷橫。一遭人馬盡都是黃旗，黃袍銅甲，黃馬黃纓。中央陣四門，東門是金眼彪施恩，西門是白面郎君鄭天壽，南門是雲裏金剛宋萬，北門是病大蟲薛永。那黃旗中間，立着那面『替天行道』杏黃旗。旗杆上拴着四條絨繩，四個長壯軍士晃定。中間馬上有那一個守旗的壯士，怎生模樣？但見：

冠簪魚尾圈金綫，甲皺龍鱗護錦衣。凛凛身軀長一丈，中軍守定杏黃旗。

這個守旗的壯士便是險道神郁保四。那簇黃旗後，便是一叢炮架，立着那個炮手轟天雷凌振，引着副手二十餘人，圍繞着炮架。架子後，一帶都擺着撓鈎套索，準備捉將的器械。撓鈎手後，又是一遭雜采旗幡，團團便是七重圍子手，四面立着二十八面綉旗，上面銷金二十八宿星辰，中間立着一面堆絨綉就、真珠圈邊、脚綴金鈴、頂插雉尾、鵝黃帥字旗。那一個守旗的壯士怎生模樣？但見：

鎧甲斜拴海獸皮，絳羅巾幘插花枝。茜紅袍襖香綿甲，定守中軍帥字旗。

這個守旗的壯士便是沒面目焦挺。去那帥字旗邊，設立兩個護旗的將士，都騎戰馬，一般結束。但見：

一個戰袍披錦綺，一個鎧甲綉狻猊。一個穩把驊騮跨，一個能將駿馬騎。
一個鋼槍威氣重，一個利劍雪光飛。一個緊護中軍帳，一個常依寶纛旗。

這兩個守護帥旗的壯士，一個是毛頭星孔明，一個是獨火星孔亮。馬前馬後，排着二十四個把狼牙棍的鐵甲軍士。後面兩把領戰綉旗，兩邊排着二十四枝方天畫戟。左手十二枝畫戟叢中，捧着一員驍將，怎生打扮？但見：

踞鞍立馬天風裏，鎧甲輝煌光焰起。麒麟束帶稱狼腰，獬豸吞胸當虎體。
冠上明珠嵌曉星，鞘中寶劍藏秋水。方天畫戟雪霜寒，風動金錢豹子尾。

綉旗上寫得分明：『小溫侯呂方。』那右手十二枝畫戟叢中，也捧着一員驍將，怎生打扮？但見：

三叉寶冠珠燦爛，兩條雉尾錦斕斑。柿紅戰襖遮銀鏡，柳綠徵裙壓綉鞍。
束帶雙跨魚獺尾，護心甲挂小連環。手持畫杆方天戟，飄動金錢五色幡。

綉旗上寫得分明：『賽仁貴郭盛。』兩員將各持畫戟，立馬兩邊。畫戟中間一簇鋼叉，兩員步軍驍將，一般結束。但見：

虎皮磕腦豹皮裩，襯甲衣籠細織金。手內鋼叉光閃閃，腰間利劍冷森森。
衝劍窟，入刀林。弟兄端的有胸襟。兩隻蓋地包天膽，一對誅龍斬虎人。

一個是兩頭蛇解珍，一個是雙尾蠍解寶。弟兄兩個各執着三股蓮花叉，引着一行步戰軍士，守護着中軍。隨後兩匹錦鞍馬上，兩員文士，掌管定賞功罰罪的人。左手那一個怎生打扮？但見：

烏紗唐帽通犀帶，素白羅襴乾皂靴。慷慨胸中藏秀氣，縱橫筆下走龍蛇。

這個乃是梁山泊掌文案的秀士聖手書生蕭讓。右手那一個怎生打扮？但見：

綠紗巾插玉螳螂，香皂羅衫紫帶長。爲吏敢欺蕭相國，聲名寰海把名揚。

這個乃是梁山泊掌吏事的豪杰鐵面孔目裴宣。這兩個馬後，擺着紫衣持節的人二十四個，當路將二十四把麻札刀。那刀林中立着兩個錦衣三串行刑劊子，怎生結束？但見：

一個皮主腰乾紅簇就，一個羅踢串彩色裝成。一個雙環撲獸創金明，一個頭巾畔花枝掩映。一個白紗衫遮籠錦體，一個皂禿袖半露鴉青。一個將漏塵斬鬼法刀擎，一個把水火棍手中提定。

上首是鐵臂膊蔡福，下手是一枝花蔡慶。弟兄兩個立于陣前，左右都是擎刀手。背後兩邊擺着二十四枝金槍銀槍，每邊設立一員大將領隊。左邊十二枝金槍隊裏，馬上一員驍將，手執金槍，側坐戰馬。怎生打扮？但見：

錦鞍駿馬紫絲韁，金翠花枝壓鬢傍。雀畫弓懸一彎月，龍泉劍挂九秋霜。
綉袍巧制鸚哥綠，戰服輕裁柳葉黃。頂上纓花紅燦爛，手執金絲鐵杆槍。

這員驍將乃是梁山泊金槍手徐寧。右手十二枝銀槍隊裏，馬上一員驍將，手執銀槍，也側坐駿馬。怎生披挂？但見：

蜀錦鞍韉寶鐙光，五明駿馬玉玎璫。虎筋弦扣雕弓硬，燕尾梢攢羽箭長。

綠錦袍明金孔雀，紅鞓帶束紫鴛鴦。參差半露黃金甲，手執銀絲鐵杆槍。

這員驍將乃是梁山泊小李廣花榮。兩勢下都是風流威猛二將。金槍手，銀槍手，各帶皂羅巾，鬢邊都插翠葉金花。左手十二個金槍手穿綠，右手十二個銀槍手穿紫。背後又是錦衣對對，花帽雙雙，緋袍簇簇，綉襖攢攢。兩壁廂碧幢翠幕，朱幡皂蓋，黃鉞白旄，青萍紫電，兩行二十四把鉞斧，二十四對鞭撾。中間一字兒三把銷金傘蓋，三匹綉鞍駿馬。正中馬前立着兩個英雄。左手那個壯士，端的是儀容濟楚，世上無雙。有《西江月》爲證：

頭巾側一根雉尾，束腰下四顆銅鈴。黃羅衫子晃金明，飄帶綉裙相稱。兜小襪麻鞋嫩白，壓腿絣護膝深青。旗標令字號神行，百十里登時取應。

這個便是梁山泊能行快走的頭領神行太保戴宗，手持鵝黄令字綉旗，專管大軍中往來飛報軍情、調兵遣將一應事務。右手那個對立的壯士，打扮得出衆超群，人中罕有。也有《西江月》爲證：

褐衲襖滿身錦簇，青包巾遍體金銷。鬢邊一朵翠花嬌，鸂鶒玉環光耀。紅串綉裙裹肚，白襠素練圍腰。落生弩子棒頭挑，百萬軍中偏俏。

這個便是梁山泊風流子弟，能幹機密的頭領浪子燕青。背着强弩，插着利箭，手提着齊眉杆棒，專一護持中軍。遠望着中軍，去那右邊銷金青羅傘蓋底下，綉鞍馬上坐着那個道德高人，有名羽士。怎生打扮？有《西江月》爲證：

如意冠玉簪翠筆，絳綃衣鶴舞金霞。火神朱履映桃花，環佩玎璫斜挂。背上雌雄寶劍，匣中微噴光華。青羅傘蓋擁高牙，紫騮馬雕鞍穩跨。

這個便是梁山泊呼風喚雨，役使鬼神，行法真師入雲龍公孫勝。馬上背着兩口寶劍，手中按定紫絲韁。去那左邊銷金青羅傘蓋底下，錦鞍馬上坐着那個足智多謀全勝軍師。怎生打扮？有《西江月》爲證：

白道服皂羅沿襈，紫絲縧碧玉鈎環。手中羽扇動天關，頭上綸巾微岸。貼裏暗穿銀甲，垓心穩坐雕鞍。一雙

第七十七回　梁山泊十面埋伏　宋公明兩嬴童貫

話説當日宋江陣中，前部先鋒三隊軍馬趕過對陣。大刀闊斧，殺得童貫三軍人馬，大敗虧輸，星落雲散，七損八傷。軍士拋金揭鼓，撇戟丢槍，覓子尋爺，呼兄喚弟，折了萬餘人馬，退三十里外扎住。吴用在陣中鳴金收軍，傳令道：『且未可盡情追殺，略報個信與他。』梁山泊人馬都收回山寨，各自獻功請賞。

且説童貫輸了一陣，折了人馬，早扎寨柵安歇下。心中憂悶，會集諸將商議。酆美、畢勝二將道：『樞相休憂！此寇知得官軍到來，預先擺布下這座陣勢。官軍初到，不知虛實，因此中賊奸計。想此草寇，衹是倚山爲勢，多設軍馬，虛張聲勢，一時失了地利。我等且再整練馬步將士，停歇三日，養成鋭氣，將息戰馬。三日後，將全部軍將分作長蛇之陣，俱是步軍，殺將去。此陣如常山之蛇，擊首則尾應，擊尾則首應，擊中則首尾皆應，都要連絡不斷。決此一陣，必見大功。』童貫道：『此計大妙，正合吾意。』即時傳下將令，整肅三軍，訓練已定。

第三日五更造飯，軍將飽食。馬帶皮甲，人披鐵鎧，大刀闊斧，弓弩上弦。正是：槍刀流水急，人馬擺風行。大將酆美、畢勝當先引軍，浩浩蕩蕩，殺奔梁山泊來。八路軍馬分于左右。前面發三百鐵甲哨馬，前去探路。回來報與童貫中軍知道，説：『前日戰場上，并不見一個軍馬。』童貫聽了心疑，自來前軍問酆美、畢勝道：『退兵如何？』酆美答道：『休生退心，衹顧衝突將去。長蛇陣擺定，怕做什麽？』官軍迤邐前行，直進到水泊邊，竟不見一個軍馬，但見隔水茫茫蕩蕩，都是蘆葦烟火。遠遠地遥望見水滸寨山頂上，一面杏黄旗在那裏招展，亦不見些動静。

童貫與酆美、畢勝勒馬在萬軍之前，遥望見對岸水面上蘆林中一隻小船，船上一個人，頭戴青箬笠，身披緑蓑衣，斜倚着船，背岸西獨自釣魚。童貫的步軍，隔着岸叫那漁人問道：『賊在那裏？』那漁人衹不應。童貫叫能射弓的放箭。兩騎馬直近岸邊灘頭來，近水兜住馬，攀弓搭箭，望那漁人後心颼地一箭去。那枝箭正射到箬笠

上，當地一聲響，那箭落下水裏去了。這一個馬軍放一箭，正射到蓑衣上，當地一聲響，那箭也落下水裏去了。那兩個馬軍，是童貫軍中第一慣射弓箭的。兩個吃了一驚，勒回馬，上來欠身稟童貫道：『兩箭皆中，衹是射不透。不知他身上穿着甚的？』童貫再撥三百能射硬弓的哨路馬軍，來灘頭擺開，一齊望着那漁人放箭。那亂箭射去，漁人不慌，多有落在水裏的，也有射着船上的。但射着蓑衣箬笠的，都落下水裏去。童貫見射他不死，便差會水的軍漢，脱了衣甲，赴水過去捉那漁人。早有三五十人赴將開去。那漁人聽得船尾水響，知有人來。不慌不忙，放下魚釣，取棹竿擔在身邊。近船來的，一棹竿一個，太陽上着的，腦袋上着的，面門上着的，都打下水裏去了。後面見沉了幾個，都赴轉岸上，去尋衣甲。

童貫看見大怒，教撥五百軍漢下水去，定要拿這漁人；若有回來的一刀兩段。五百軍人脱了衣甲，吶聲喊，一齊都跳下水裏，赴將過去。那漁人回轉船頭，指着岸上童貫，大駡道：『亂國賊臣，害民的禽獸！來這裏納命，猶自不知死哩！』童貫大怒，喝教馬軍放箭。那漁人呵呵大笑，説道：『兀那裏有軍馬到了！』把手指一指，揭了蓑衣箬笠，翻身攛入水底下去了。那五百軍正赴到船邊，衹聽得在水中亂叫，都沉下去了。那漁人正是浪裏白跳張順。頭上箬笠，上面是箬葉裹着，裏面是銅打成的。蓑衣裏面，一片熟銅打就，披着如龜殼相似，可知道箭矢射不入。張順攛下水底，拔出腰刀，衹顧排頭價戳人，都沉下去，血水滚將起來。有乖的赴了開去，逃得性命。

童貫在岸上看得呆了。身邊一將指道：『山頂上那把黄旗，正在那裏磨動。』童貫定睛看了，不解何意。衆將也没做道理處。酆美道：『把三百鐵甲哨馬，分作兩隊，教去兩邊山後出哨，看是如何？』却才分到山前，衹聽得蘆葦中一個轟天雷炮飛起，火烟撩亂。兩邊哨馬齊回來報：『有伏兵到了！』童貫在馬上，那一驚不小！酆美、畢勝兩邊差人教軍士休要亂動，數十萬軍都掣刀在手。前後飛馬來叫道：『如有先走的，便斬！』按住三軍人馬。童貫且與衆將立馬望時，山背後鼓聲震地，喊殺喧天，早飛出一彪軍馬，都打着黄旗。當先有兩員驍將領兵。怎

見得那隊軍馬整齊？好似：

黃旗擁出萬山中，爍爍金光射碧空。馬似怒濤衝石壁，人如烈火撼天風。鼓聲震動森羅殿，炮力掀翻泰華宫。劍隊暗藏插翅虎，槍林飛出美髯公。

兩騎黃鬃馬上兩員英雄頭領，上首美髯公朱仝，下首插翅虎雷横，帶領五千人馬，直殺奔官軍。童貫令大將酆美、畢勝當先迎敵。兩個得令，便驟馬挺槍出陣，大駡：『無端草賊，不來投降，更待何時！』雷横在馬上大笑，喝道：『匹夫，死在眼前尚且不知！怎敢與吾决戰！』畢勝大怒，拍馬挺槍，直取雷横。雷横也使槍來迎。兩馬相交，軍器并舉。二將約戰到二十餘合，不分勝敗。酆美見畢勝戰久不能取勝，拍馬舞刀徑來助戰。朱仝見了，大喝一聲，飛馬輪刀來戰酆美。四匹馬，兩對兒，在陣前厮殺。童貫看了，喝采不迭。鬥到間深裏，衹見朱仝、雷横賣個破綻，撥回馬頭，望本陣便走。酆美、畢勝兩將不捨，拍馬追將過去。對陣軍發聲喊，望山後便走。童貫叫盡力追趕過山脚去。衹聽得山頂上畫角齊鳴。衆軍抬頭看時，前後兩個炮直飛起來。童貫知有伏兵，把軍馬約住，教不要去趕。

衹見山頂上閃出那把杏黃旗來，上面綉着『替天行道』四字。童貫踅過山那邊看時，見山頭上一簇雜彩綉旗開處，顯出那個鄆城縣蓋世英雄山東呼保義宋江來。背後便是軍師吴用、公孫勝、花榮、徐寧、金槍手、銀槍手衆多好漢。童貫見了大怒，便差人馬上山來拿宋江。大軍人馬分爲兩路，却待上山。衹聽得山頂上鼓樂喧天，衆好漢都笑。童貫越添心上怒，咬碎口中牙，喝道：『這賊怎敢戲吾！我當自擒這厮。』酆美諫道：『樞相，彼必有計，不可親臨險地。且請回軍，來日却再打聽虚實，方可進兵。』童貫道：『胡説！事已到這裏，豈可退軍！教星夜與賊交鋒，今已見賊，勢不容退。』語猶未絶，衹聽得後軍吶喊。探子報道：『正西山後，衝出一彪軍來，把後軍殺開做兩處。』童貫大驚，帶了酆美、畢勝，急回來救應後軍時，東邊山後鼓聲響處，又早飛出一隊人馬來。一半是紅旗，一半是青旗，捧着兩員大將，引五千軍馬殺將來。那紅旗軍隨紅旗，青旗軍隨青旗，隊伍端的整齊，但見：

對對紅旗間翠袍，争飛戰馬轉山腰。日烘旗幟青龍見，風擺旌旗朱雀揺。二隊精兵皆勇猛，兩員上將最英豪。秦明手舞狼牙棍，關勝斜横偃月刀。

那紅旗隊裏頭領是霹靂火秦明，青旗隊裏頭領是大刀關勝。二將在馬上殺來，大喝道：『童貫早納下首級！』童貫大怒，便差酆美來戰關勝，畢勝去鬥秦明。童貫見後軍發喊甚緊，又教鳴金收軍，且休戀戰，延便且退。朱仝、雷横引黃旗軍又殺將來，兩下裏夾攻，童貫軍兵大亂。酆美、畢勝保護着童貫，逃命而走。正行之間，刺斜裏又飛出一彪人馬來，接住了厮殺。那隊軍馬，一半是白旗，一半是黑旗。黑白旗中，也捧着兩員虎將，引五千軍馬，攔住去路。這隊軍端的整齊，但見：

炮似轟雷山石裂，緑林深處顯戈矛。素袍兵出銀河涌，玄甲軍來黑氣浮。兩股鞭飛風雨響，一條槍到鬼神愁。左邊大將呼延灼，右手英雄豹子頭。

那黑旗隊裏頭領是雙鞭呼延灼，白旗隊裏頭領是豹子頭林沖。二將在馬上大喝道：『奸臣童貫，待走那裏去？早來受死！』一衝直殺入軍中來。那睢州都監段鵬舉接住呼延灼交戰，洳州都監馬萬里接着林沖厮殺。這馬萬里與林沖鬥不到數合，氣力不加。却待要走，被林沖大喝一聲，慌了手脚，着了一矛，戳在馬下。段鵬舉看見馬萬里被林沖搠死，無心戀戰，隔過呼延灼雙鞭，霍地撥回馬便走。呼延灼奮勇趕將入來。兩軍混戰。童貫衹教奪路且回。衹聽得前軍喊聲大舉，山背後飛出一彪步軍，直殺入垓心裏來。當先一僧、一行，領着軍兵，大叫道：『休教走了童貫！』那和尚不修經懺，專好殺人，單號花和尚，雙名魯智深。這行者，景陽岡曾打虎，水滸寨最英雄，有名行者武松。魯智深一條禪杖，武行者兩口戒刀，殺入陣來。怎見得？有《西江月》爲證：

魯智深一條禪杖，武行者兩口鋼刀。鋼刀飛出火光飄，禪杖來如鐵炮。禪杖打開腦袋，鋼刀截斷人腰。兩般兵器不相饒，百萬軍中顯耀。

童貫衆軍被魯智深、武松引領步軍一衝，早四分五落。官軍人馬前無去路，後沒退兵，衹得引酆美、畢勝撞透重圍，殺條血路，奔過山背後來。正方喘息，又聽得炮聲大震，戰鼓齊鳴。看兩員猛將當先，一簇步軍攔路。怎見得？

人人勇欺子路，個個貌若天神。銅刀鐵槊亂紛紛，戰鼓綉旗相稱。左手解珍出衆，右手解寶超群。數千鐵甲虎狼軍，攪碎長蛇大陣。

來的步軍頭領解珍、解寶，各拈五股鋼叉，引領步軍殺入陣內。童貫人馬遮攔不住，突圍而走。五面馬軍步軍，一齊追殺，趕得官軍星落雲散。酆美、畢勝力保童貫而走。見解珍、解寶弟兄兩個，挺起鋼叉直衝到馬前。童貫急忙拍馬望刺斜裏便走。背後酆美、畢勝趕來救應，又得唐州都監韓天麟、鄧州都監王義，四個并力殺出垓心。方才進步，喘息未定，衹見前面塵起，叫殺連天。緑茸茸林子裏，又早飛出一彪人馬。當先兩員猛將，攔住去路。那兩員是誰？但見：

一個開山大斧吞龍口，一個出白銀槍蟒吐梢。一個咬碎銀牙衝大陣，一個睜圓怪眼躍天橋。一個董平緊要拿童貫，一個捨命爭先是索超。

這兩員猛將，雙槍將董平，急先鋒索超，兩個更不打話，飛馬直取童貫。王義挺槍去迎，被索超手起斧落，砍于馬下。韓天麟來救，被董平一槍搠死。酆美、畢勝死保護童貫，奔馬逃命。四下裏金鼓亂響，正不知何處軍來。童貫攏馬上坡看時，四面八方，四隊軍馬，兩脅兩隊步軍，栲栳圈，簸箕掌，梁山泊軍馬大隊齊齊殺來。童貫軍馬如風落雲散，東零西亂。正看之間，山坡下一簇人馬出來，認的旗號是陳州都監吳秉彝，許州都監李明。這兩個引着些斷槍折戟，敗殘軍馬，趕轉琳琅山躲避。看見招呼時，正欲上坡，急調人馬，又見山側喊聲起來，飛過一彪人馬趕出，兩把認旗招展，馬上兩員猛將，各執兵器，飛奔官軍。這兩個是誰？有《臨江詞》爲證：

盔上長纓飄火焰，紛紛亂撒猩紅。胸中豪氣吐長虹。戰袍裁蜀錦，鎧甲鍍金銅。兩口寶刀如雪練，垓心抖擻威風。

左衝右突顯英雄。軍班青面獸，史進九紋龍。

這兩員猛將，正是楊志、史進。兩騎馬，兩口刀，却好截住吳秉彝、李明兩個軍厮殺。李明挺槍向前來鬥楊志，吳秉彝使方天戟來戰史進。兩對兒在山坡下一來一往，盤盤旋旋，各逞平生武藝。童貫在山坡上勒住馬，觀之不定。四個人約鬥到三十餘合，吳秉彝用戟奔史進心坎上戳將來，史進衹一閃，那枝戟從肋窩裏放個過。吳秉彝連人和馬搶近前來，被史進手起刀落，衹見一條血顙光連肉，頓落金鎣在馬邊，吳秉彝死于坡下。李明見先折了一個，却待也要撥回馬走時，被楊志大喝一聲，驚得魂消魄散，膽顫心寒，手中那條槍，不知顛倒。楊志把那口刀從頂門上劈將下來。李明衹一閃，那刀正剁着馬的後胯下。那馬後蹄蹬將下去，把李明閃下馬來。弃了手中槍，却待奔走。這楊志手快，隨復一刀，砍個正着。可憐李明半世軍官，化作南柯一夢。兩員官將皆死于坡下。楊志、史進追殺敗軍，正如砍瓜截瓠相似。

童貫和酆美、畢勝在山坡上看了，不敢下來，身無所措。三個商量道：『似此如何殺得出去？』酆美道：『樞相且寬心，小將望見正南上，尚兀自有大隊官軍扎住在那裏。旗幡不倒，可以解救。畢都統保守樞相在山頭，酆美殺開條路，取那枝軍馬來保護樞相出去。』童貫道：『天色將晚，你可善覷方便，疾去早來。』酆美提着大杆刀，飛馬殺下山來，衝開條路，直到南邊。看那隊軍馬時，却是嵩州都監周信，把軍兵團團擺定，死命抵住。垓心裏看見那酆美來，便接入陣內，問：『樞相在那裏？』酆美道：『衹在前面山坡上，專等你這枝軍馬去救護殺出來；事不宜遲，火速便起。』周信聽説罷，便教傳令，馬步軍兵都要相顧，休失隊伍，齊心并力。二員大將當先，衆軍助喊，殺奔山坡邊來。行不到一箭之地，刺斜裏一枝軍到。酆美舞刀徑出迎敵，認得是睢州都監段鵬舉，三個都相見了，合兵一處殺到山坡下。畢勝下坡，迎接上去。見了童貫，一處商議道：『今晚便殺出去好，却捱到來朝去好？』酆美道：『我四人死保樞相，則就今晚殺透重圍出去，可脫賊寇。』

看看近夜，祇聽得四邊喊聲不絶，金鼓亂鳴。約有二更時候，星月光亮，酆美當先，衆軍官簇擁童貫在中間，一齊并力殺下山坡來。祇聽得四下裏亂叫道：『不要走了童貫！』衆官軍祇望正南路衝殺過來。看看混戰到四更左右，殺出垓心。童貫在馬上，以手加額，頂禮天地神明道：『慚愧！脱得這場大難！』催趲出界，奔濟州去。却才歡喜未盡，祇見前面山坡邊一帶，火把不計其數。背後喊聲又起。看見火把光中，兩員好漢拈着兩條樸刀，引出一員騎白馬的英雄大將，在馬上横着一條點鋼槍。那人是誰？有《臨江仙》詞一首爲證：

馬步軍中惟第一，偏他數内爲尊，上天降下惡星辰。眼珠如點漆，面部似鎸銀。丈二鋼槍無敵手，獨騎戰馬侵尋，
人材武藝兩絶倫。梁山盧俊義，河北玉麒麟。

那馬上的英雄大將，正是玉麒麟盧俊義。馬前這兩個使樸刀的好漢，一個是病關索楊雄，一個是拼命三郎石秀。在火把光中，引着三千餘人，抖擻精神，攔住去路。盧俊義在馬上大喝道：『童貫不下馬受縛，更待何時！』童貫聽得，對衆道：『前有伏兵，後有追兵，似此如之奈何？』酆美道：『小將捨條性命，以報樞相。汝等衆官，緊保樞相，奪路望濟州去。我自戰住此賊。』酆美拍馬舞刀，直奔盧俊義。兩馬相交，鬥不到數合，被盧俊義把槍祇一逼，逼過大刀，搶入身去，劈腰提住，一脚蹬開戰馬，把酆美活捉去了。楊雄、石秀便來接應。衆軍齊上，横拖倒拽捉了去。畢勝和周信、段鵬舉，捨命保童貫，衝殺攔路軍兵，且戰且走。背後盧俊義趕來。童貫敗軍忙忙似喪家之犬，急急如漏網之魚。天曉脱得追兵，望濟州來。正走之間，前面山坡背後，又衝出一隊步軍來，那軍都是鐵掩心甲，絳紅羅頭巾。當先四員步軍頭領。畢竟是誰？但見：

黑旋風持兩把大斧，喪門神仗一口龍泉。項充、李衮在傍邊，手舞團牌體健。斬虎須投大穴，誅龍必向深淵。
三軍威勢振青天，惡鬼眼前活見。

這李逵輪兩把板斧，鮑旭仗一口寶劍，項充、李衮各舞蠻牌遮護，却似一團火塊，從地皮上滾將來，殺得官軍四分五落而走。童貫與衆將且戰且走，祇逃性命。李逵直砍入馬軍隊裏，把段鵬舉馬脚砍翻，掀將下來，就勢一斧，劈開腦袋，再復一斧，砍斷咽喉，眼見得段鵬舉不活了。且説敗殘官軍將次捱到濟州，真乃是頭盔斜掩耳，護項半兜腮。馬步三軍没了氣力，人困馬乏。奔到一條溪邊，軍馬都且去吃水。祇聽得對溪一聲炮響，箭矢如飛蝗一般射將過來。官軍急上溪岸去。樹林邊轉出一彪軍馬來。爲頭馬上三個英雄是誰？但見：

銅鈴奮勇敢争徵，飛石飛叉衆莫能。二虎相隨没羽箭，東昌驍騎是張清。

原來這没羽箭張清和龔旺、丁得孫，帶領三百餘騎馬軍。那一隊驍騎馬軍，都是銅鈴面具，雉尾紅纓，輕弓短箭，綉旗花槍，三將爲頭，直衝將來。嵩州都監周信見張清軍馬少，便來迎敵。畢勝保着童貫而走。周信縱馬挺槍來迎。祇見張清左手約住槍，右手似招寶七郎之形，口中喝一聲道：『着！』去周信鼻凹上祇一石子打中，翻身落馬。龔旺、丁得孫傍邊飛馬來相助，將那兩條叉戳定咽喉，好似霜摧邊地草，雨打上林花，周信死于馬下。童貫止和畢勝逃命，不敢入濟州，引了敗殘軍馬，連夜投東京去了。于路收拾逃難軍馬下寨。

原來宋江有仁有德，素懷歸順之心，不肯盡情追殺。惟恐衆將不捨，要追童貫，火急差戴宗傳下將令，布告衆頭領，收拾各路軍馬步卒，都回山寨請功。各處鳴金收軍而回。鞍上將都敲金鐙，步下卒齊唱凱歌，紛紛盡入梁山泊，個個同回宛子城。宋江、吴用、公孫勝先到水滸寨中忠義堂上坐下，令裴宣驗看各人功賞。盧俊義活捉酆美，解上寨來，跪在堂前。宋江自解其縛，請入堂内上坐，親自捧杯陪話，奉酒壓驚。衆頭領都到堂上。是日殺牛宰馬，重賞三軍。留酆美住了兩日，備辦鞍馬，送下山去。酆美大喜。宋江陪話道：『將軍，陣前陣後冒瀆威嚴，切乞恕罪！宋江等本無异心，祇要歸順朝廷，與國家出力。被至不公不法之人，逼得如此。望將軍回朝，善言解救。倘得他日重見恩光，生死不忘大德。』酆美拜謝不殺之恩，登程下山。宋江令人直送出界。酆美放回京，不在話下。

宋江回到忠義堂上，再與吴用等衆頭領商議。原來今次用此十面埋伏之計，都是吴用機謀布置，殺得童貫膽

寒心碎，夢裏也怕。大軍三停折了二停。吴用道：『童貫回去京師，奏了官家，如何不再起兵來。必得一人，直投東京探聽虚實，回報山寨，預作準備。』宋江道：『軍師此論，允合吾心。恁弟兄中不知那個敢去？』衹見坐次之中一個人應道：『兄弟願往。』衆人看了，都道：『須是他去，必幹大事。』不是這個人來，有分教：濟州城外，造數百隻艨艟戰船；梁山泊中，添萬餘石軍糧米麥。正是：衝陣馬亡青嶂下，戲波船陷緑蒲中。

畢竟梁山泊是誰人前去打聽，且聽下回分解。

第七十八回　十節度議取梁山泊　宋公明一敗高太尉

再説梁山泊好漢自從兩贏童貫之後，宋江、吴用商議，必用着一個人去東京探聽消息虚實，上山回報，預先準備軍馬交鋒。言之未絶，衹見神行太保戴宗道：『小弟願往。』宋江道：『探聽軍情，多虧殺兄弟一個。雖然賢弟去得，必須也用一個相幫去最好。』李逵便道：『兄弟幫哥哥去走一遭。』宋江笑道：『你便是那個不惹事的黑旋風！』李逵道：『今番去時，不惹事便了。』宋江喝退，一壁再問：『有那個兄弟敢去走一遭？』赤髮鬼劉唐禀道：『小弟幫戴宗哥哥去如何？』宋江大喜道：『好。』當日兩個收拾了行裝，便下山去。

且不説戴宗、劉唐來東京打聽消息。却説童貫和畢勝沿路收聚得敗殘軍馬四萬餘人，比到東京，于路教衆多管軍的頭領，各自部領所屬軍馬，回營寨去了，衹帶御營軍馬入城來。童貫卸了戎裝衣甲，徑投高太尉府中去商議。兩個見了，各叙禮罷，請入後堂深處坐定。童貫把大折兩陣，結果了八路軍官，并許多軍馬，酆美又被活捉去了，似此如之奈何，一一都告訴了。高太尉道：『樞相不要煩惱，這件事衹瞞了今上天子便了，誰敢胡奏！我和你去告禀太師，再作個道理。』

童貫和高俅上了馬，徑投蔡太師府内來。已有報知：『童樞密回了。』蔡京料道不勝，又聽得和高俅同來，蔡京教唤入書院裏來厮見。童貫拜了太師，泪如雨下。蔡京道：『且休煩惱，我備知你折了軍馬之事。』高俅道：『賊居水泊，非船不能征進，樞密衹以馬步軍征剿，因此失利，中賊詭計。』童貫訴説折兵敗陣之事。蔡京道：『你折了許多軍馬，費了許多錢糧，又折了八路軍官。這事怎敢教聖上得知！』童貫再拜道：『望乞太師遮蓋，救命則個！』蔡京道：『明日衹奏道：「天氣暑熱，軍士不伏水土，權且罷戰退兵。」倘或震怒，説道：「似此心腹大患，不去剿滅，後必爲殃。」如此時，恁衆官却怎地回答？』高俅道：『非是高俅誇口，若還太師肯保高俅領兵，親去那裏征剿，一鼓可平。』蔡京道：『若是太尉肯自去，可知是好。明日便當保奏太尉爲帥。』高俅又禀道：『衹有一件，須得聖旨任便起軍，并隨造船隻，或是拘刷原用官船、民船，或備官價收買木料，打造戰船，水陸并進，船騎同行，方可指日成功。』蔡京道：『這事容易。』

正話間，門吏報道：『酆美回來了。』童貫大喜。太師教喚進來，問其緣故。酆美拜罷，叙説：『宋江但是活捉上山去的，盡數放回，不肯殺害，又與盤纏，令回鄉里。因此小將得見鈞顔。』高俅道：『這是賊人詭計，故意慢我國家。今後不點近處軍馬，直去山東、河北揀選得用的人，跟高俅去。』蔡京道：『既然如此計議定了，來日內裏相見，面奏天子。』各自回府去了。

次日五更三點，都在待班閣子裏相聚。朝鼓響時，各依品從，分列丹墀。拜舞起居已畢，文武分班列于玉階之下。祇見殿頭官手執浄鞭喝道：『有事出奏，無事卷簾退班。』祇見蔡太師出班奏道：『昨遣樞密使童貫，統率大軍征進梁山泊草寇。近因炎熱，軍馬不伏水土。抑且賊居水窪，非船不行，馬步軍兵急不能進。因此權且罷戰，各回營寨暫歇，别候聖旨。』天子乃云：『似此炎熱，再不復去矣！』蔡京奏道：『童貫可于泰乙宫聽罪，别令一人爲帥，再去征伐。乞請聖旨。』天子曰：『此寇乃是腹心大患，不可不除。誰與寡人分憂？』高俅出班奏曰：『微臣不才，願效犬馬之勞，去剿此寇。伏取聖旨。』天子云：『既然卿肯與寡人分憂，任卿擇選軍馬。』高俅又奏：『梁山泊方圓八百餘里，非仗舟船，不能前進。臣乞聖旨，于梁山泊近處，采伐木植，命督工匠造船，或用官錢收買民船，以爲戰伐之用。』天子曰：『委卿執掌，從卿處置，可行即行，慎勿害民。』高俅奏道：『微臣安敢！祇容寛限，以圖成功。』天子命取錦袍金甲，賜與高俅，另選吉日出師。

當日百官朝退，童貫、高俅送太師到府。便喚中書省關房掾史，傳奉聖旨，定奪撥軍。高太尉道：『前者有十節度使，多曾與國家建功，或征鬼方國，或伐西夏，并大金、大遼等處，武藝精熟。請降指使，差撥爲將。』當時蔡太師依允，便撥十道札付文書，仰各各部領所屬精兵一萬，前赴濟州取齊，聽候調用。那十個節度使非同小可，

每人領軍一萬，克期并進。那十路軍馬？

河南河北節度使　王煥　上黨太原節度使　徐京

京北弘農節度使　王文德　潁州汝南節度使　梅展

中山安平節度使　張開　江夏零陵節度使　楊温

雲中雁門節度使　韓存保　隴西漢陽節度使　李從吉

琅琊彭城節度使　項元鎮　清河天水節度使　荆忠

原來這十路軍馬，都是曾經訓練精兵，更兼這十節度使，舊日都是在綠林叢中出身，後來受了招安，直做到許大官職，都是精鋭勇猛之人，非是一時建了些少功名。當日中書省定了程限，發十道公文，要這十路軍馬如期都到濟州，遲慢者，定依軍令處置。金陵建康府有一枝水軍，爲頭統制官喚做劉夢龍。那人初生之時，其母夢見一條黑龍飛入腹中，感而遂生。及至長大，善知水性。曾在西川峽江討賊有功，升做軍官都統制，統領一萬五千水軍，棹船五百隻，守住江南。高太尉要取這支水軍并船隻，星夜前來聽調。又差一個心腹人，喚做牛邦喜，也做到步軍校尉，教他去沿江上下，并一應河道內，拘刷船隻，都要來濟州取齊，交割調用。高太尉帳前牙將極多，于內兩個最了得：一個喚做黨世英，一個喚做黨世雄，弟兄二人現做統制官，各有萬夫不當之勇。高太尉又去御營內，選撥精兵一萬五千，通共各處軍馬一十三萬。先于諸路差官供送糧草，沿途交納。高太尉連日整頓衣甲，制造旌旗，未及發程。有詩爲證：

匿奸罔上非忠藎，好戰全違舊典章。不事懷柔服强暴，祇驅良善敵刀槍。

却説戴宗、劉唐在東京住了幾日，打聽得備細消息，星夜回還山寨，報説此事。宋江聽得高太尉親自領兵，調天下軍馬一十三萬，十節度使統領前來，心中驚恐，便與吴用商議。吴用道：『仁兄勿憂。昔日諸葛孔明用

十節度議取梁山泊

三千兵卒，破曹操十萬軍馬。小生也久聞這十節度的名，多與朝廷建功。衹是當初無他的敵手，以此衹顯他的豪杰。如今放着這一班好弟兄，如狼似虎的人，那十節度已是背時的人了。兄長何足懼哉！比及他十路軍來，先教他吃我一驚。』宋江道：『軍師如何驚他？』吴用道：『他十路軍馬都到濟州取齊。我這裏先差兩個快厮殺的，去濟州相近，接着來軍，先殺一陣。這是報信與高俅知道。』宋江道：『叫誰去好？』吴用道：『差没羽箭張清、雙槍將董平，此二人可去。』宋江差二將各帶一千軍馬，前去巡哨濟州，相迎截殺各路軍馬。又撥水軍頭領，準備泊子裏奪船。山寨中頭領，預先調撥已定，且不細説，下來便知。

再説高太尉在京師俄延了二十餘日，天子降勅，催促起軍。高俅先發御營軍馬出城，又選教坊司歌兒舞女三十餘人，隨軍消遣。至日祭旗，辭駕登程。却好一月光景。時值初秋天氣，大小官員都在長亭餞别。高太尉戎裝披挂，騎一匹金鞍戰馬，前面擺着五匹玉轡雕鞍從馬，左右兩邊，排着黨世英、黨世雄弟兄兩個，背後許多殿帥統制官、統軍提轄、兵馬防御、團練等官，參隨在後。那隊伍軍馬，十分擺布得整齊。

那高太尉部領大軍出城，來到長亭前下馬，與衆官作别。飲罷餞行酒，攀鞍上馬，登程望濟州進發。于路上縱容軍士，盡去村中縱横擄掠。黎民受害，非止一端。

却説十路軍馬，陸續都到濟州。有節度使王文德，領着京兆等處一路軍馬，星夜奔濟州來。離州尚有四十餘里。當日催動人馬，趕到一個去處，地名鳳尾坡。坡下一座大林。前軍却好抹過林子，衹聽得一棒鑼聲響處，林子背後，山坡脚邊，轉出一彪軍馬來。當先一將攔路。那員將頂盔挂甲，插箭彎弓，去那弓袋箭壺内，側插着小小兩面黄旗，旗上各有五個金字，寫道：『英雄雙槍將，風流萬户侯。』兩手拿兩杆鋼槍。此將乃是梁山泊第一個慣衝頭陣的勇將董平。因此人稱爲董一撞。董平勒定戰馬，截住大路，喝道：『來的是那裏兵馬？不早早下馬受縛，更待何時！』這王文德兜住馬，呵呵大笑道：『瓶兒罐兒，也有兩個耳朵。你須曾聞我等十節度使，累建大功，名揚天下，上將王文德麽？』董平大笑，喝道：『衹你便是殺晚爺的大頑！』王文德聽了大怒，罵道：『反國草寇，怎敢辱吾！』拍馬挺槍，直取董平。董平也挺雙槍來迎。兩將鬥到三十合，不分勝敗。王文德料道贏不得董平，喝一聲：『少歇再戰！』各歸本陣。王文德分付衆軍，休要戀戰，且衝過去。王文德在前，三軍在後，大發聲喊，殺將過去。董平後面引軍追趕。將過林子，正走之間，前面又衝出一彪軍馬來。爲首一員上將，正是没羽箭張清，在馬上大喝一聲：『休走！』手中拈定一個石子打將來，望王文德頭上便着。急待躲時，石子打中盔頂。王文德伏鞍而走，跑馬奔逃。兩將趕來，看看趕上，衹見側首衝過一隊軍來。王文德看時，却是一般的節度使楊温軍馬，齊來救應。因此董平、張清不敢來追，自回去了。

兩路軍馬，同入濟州歇定。太守張叔夜接待各路軍馬。數日之間，前路報來，高太尉大軍到了。十節度出城迎接。都參見了太尉，一齊護送入城。把州衙權爲帥府，安歇下了。高太尉傳下號令，教十路軍馬，都向城外屯駐。伺候劉夢龍水軍到來，一同進發。這十路軍馬，各自都來下寨。近山砍伐木植，人家搬擄門窗，搭蓋窩鋪，十分害民。高太尉自在城中帥府內，定奪征進人馬。無銀兩使用者，都充頭哨出陣交鋒；有銀兩者，留在中軍，虚功濫報。似此奸弊，非止一端。

高太尉在濟州不過一二日，劉夢龍戰船到了，參見太尉。高俅隨即便唤十節度使，都到廳前，共議良策。王焕等禀復道：『太尉先教馬步軍去探路，引賊出戰，然後即調水路戰船去劫賊巢，令其兩下不能相顧，可獲群賊矣。』高太尉從其所言。當時分撥王焕、徐京爲前部先鋒，王文德、梅展爲合後收軍，張開、楊温爲左軍，韓存保、李從吉爲右軍，項元鎮、荆忠爲前後救應使。黨世雄引領三千精兵，上船協助劉夢龍水軍船隻，就行監戰。諸軍盡皆得令，整束了三日，請高太尉看閲諸路軍馬。高太尉親自出城，一一點看了。便遣大小三軍并水軍，一齊進發，徑望梁山泊來。

且説董平、張清回寨説知備細。宋江與衆頭領統率大軍，下山不遠，早見官軍到來。前軍射住陣脚，兩邊拒定人馬。衹見先鋒王焕出陣，使一條長槍，在馬上厲聲高叫：『無端草寇，敢死村夫，認得大將王焕麽？』對陣綉旗開處，宋江親自出馬，與王焕聲喏道：『王節度，你年紀高大了，不堪與國家出力。當槍對敵，恐有些一差二誤，枉送了你一世清名。你回去罷。另教年紀小的出來戰。』王焕聽得大怒，罵道：『你這厮是個文面俗吏，安敢抗拒天兵！』宋江答道：『王節度，你休逞好手。我這一般兒「替天行道」的好漢，不到得輸與你！』王焕便挺槍戳將過來。宋江馬後早有一將，鑾鈴響處，挺槍出陣。宋江看時，却是豹子頭林冲，來戰王焕。兩馬相交，衆軍助喊。高太尉自臨陣前，勒住馬看。衹聽得兩軍吶喊喝采。果是馬軍踏鐙抬身看，步卒掀盔舉眼觀。兩個施逞諸路槍法。但見：

一個屏風槍，勢如霹靂；一個水平槍，勇若奔雷。一個朝天槍，難防難躲；一個鑽風槍，怎敵怎遮。這個槍使得疾如孫策，那個槍使得猛似霸王。這個恨不得槍戳透九霄雲漢，那個恨不得槍刺透九曲黄河。一個槍如蟒離岩洞，一個槍似龍躍波津。一個使槍的雄似虎吞羊，一個使槍的俊如雕撲兔。這個使槍的英雄蓋盡梁山泊，那個使槍的威風播滿宋乾坤。

王焕大戰林冲，約有七八十合，不分勝敗。兩邊各自鳴金。二騎分開，各歸本陣。衹見節度使荆忠到前軍，馬上欠身，禀復高太尉道：『小將願與賊人决一陣，乞請鈞旨。』高太尉便教荆忠出馬交戰。宋江馬後鑾鈴響處，呼延灼來迎。荆忠使一口大杆刀，騎一匹瓜黄馬。二將交鋒，約鬥二十合，被呼延灼賣個破綻，隔過大刀，順手提起鋼鞭來，衹一下，打個襯手，正着荆忠腦袋，打得腦漿迸流，眼珠突出，死于馬下。高俅看見折了一個節度使，火急便差項元鎮驟馬挺槍，飛出陣前，大喝：『草賊，敢戰吾麽？』宋江馬後雙槍將董平撞出陣前，來戰項元鎮。兩個鬥不到十合，項元鎮霍地勒回馬，拖了槍便走。董平拍馬去趕。項元鎮不入陣去，繞着陣脚，落荒而走。董平飛馬去追。項元鎮帶住槍，左手拈弓，右手搭箭，拽滿弓，翻身背射一箭。董平聽得弓弦響，抬手去隔，一箭正中右臂。弃了槍，撥回馬便走。項元鎮挂着弓，拈着箭，倒趕將來。呼延灼、林沖見了，兩騎馬各出，救得董平歸陣。高太尉揮指大軍混戰。宋江先教救了董平回山。後面軍馬遮攔不住，都四散奔走。高太尉直趕到水邊，却調人去接應水路船隻。

且說劉夢龍和黨世雄布領水軍，乘駕船隻，迤邐前投梁山泊深處來。衹見茫茫蕩蕩，盡是蘆葦蒹葭，密密遮定港汊。這裏官船檣篙不斷，相連十餘里水面。正行之間，衹聽得山坡上一聲炮響，四面八方小船齊出。那官船上軍士，先有五分懼怯。看了這等蘆葦深處，盡皆慌了。怎禁得蘆葦裏面埋伏着小船齊出，衝斷大隊官船，前後不相救應。大半官軍，弃船而走。梁山泊好漢看見官軍陣脚亂了，一齊鳴鼓摇船，直衝上來。劉夢龍和黨世雄急回船時，原來經過的淺港內，都被梁山泊好漢用小船裝載柴草，砍伐山中木植，填塞斷了。那櫓槳竟摇不動。衆多軍卒，盡弃了船隻下水。劉夢龍脱下戎裝披挂，爬過水岸，揀小路走了。這黨世雄不肯弃船，衹顧教水軍尋港汊深處，摇動了行去。不到二里，衹見前面三隻小船。船上是阮氏三雄，各人手執蓼葉槍，挨近船邊來。衆多駕船軍士，都跳下水裏去了。黨世雄自持鐵槊，立在船頭上，與阮小二交鋒。阮小二也跳下水裏去。阮小五、阮小七兩個逼近身來。黨世雄見不是頭，撇了鐵槊，也跳下水去了。衹見水底下鑽過船火兒張横來，一手揪住頭髮，一手提定腰胯，滴溜溜丢上蘆葦根頭。先有十數個小嘍囉躲在那裏，撓鈎套索搭住，活捉上水滸寨來。

却說高太尉見水面上船隻，都紛紛滾滾，亂投山邊去了。船上縛着的，盡是劉夢龍水軍的旗號。情知水路裏又折了一陣，忙傳鈞令，且教收兵回濟州去，别作道理。五軍比及要退，又值天晚，衹聽得四下裏火炮不住價響，宋江軍馬不知幾路殺將來。高太尉衹叫得：『苦了也！』正是：歡喜未來愁又至，才逢病退又遭殃。有分教：一枚太尉，翻爲陰陵失路之人；十路雄兵，變作赤壁鏖兵之客。衹教步卒無門歸大寨，水軍逃路到華胥。

畢竟高太尉并十路軍兵怎地脱身，且聽下回分解。

第七十九回　劉唐放火燒戰船　宋江兩敗高太尉

話說當下高太尉望見水路軍士，情知不濟，正欲回軍，衹聽得四邊炮響，急收聚衆將，奪路而走。原來梁山泊衹把號炮四下裏施放，却無伏兵。衹嚇得高太尉心驚膽戰，鼠竄狼奔，連夜收軍回濟州。計點步軍，折陷不多；水軍折其大半，戰船没一隻回來。劉夢龍逃難得回。軍士會水的，逃得性命；不會水的，都淹死于水中。高太尉軍威折挫，鋭氣衰殘。且向城中屯駐軍馬，等候牛邦喜拘刷船到。再差人賫公文去催：不論是何船隻，堪中的盡數拘拿，解赴濟州，整頓征進。

却說水滸寨中，宋江先和董平上山，拔了箭矢，唤神醫安道全用藥調治。安道全使金槍藥敷住瘡口，在寨中養病。吴用收住衆頭領上山。水軍頭領張横解黨世雄到忠義堂上請功。宋江教且押去後寨軟監着。將奪到的船隻，盡數都收入水寨，分派與各頭領去了。

再說高太尉在濟州城中，會集諸將，商議收剿梁山之策。數内上黨節度使徐京稟道：『徐某幼年游歷江湖，使槍賣藥之時，曾與一人交游。那人深通韜略，善曉兵機，有孫、吴之才調，諸葛之智謀，姓聞名焕章，現在東京城外安仁村教學。若得此人來爲參謀，可以敵吴用之詭計。』高太尉聽説，便差首將一員，賫帶緞匹鞍馬，星夜回東京，禮請這教村學秀才聞焕章，來爲軍前參謀。便要早赴濟州，一同參贊軍務。那員首將回京去，不得三五日，城外報來：『宋江軍馬，直到城邊搦戰。』高太尉聽了大怒，隨即點就本部軍兵，出城迎敵。就令各寨節度使，同出交鋒。

却說宋江軍馬見高太尉提兵至近，急慌退十五里外平川曠野之地。高太尉引軍趕去。宋江軍馬已向山坡邊擺成陣勢。紅旗隊裏捧出一員猛將，認旗上寫的分明，乃是『雙鞭呼延灼』。兜住馬，横着槍，立在陣前。高太尉看見，道：『這廝便是統領連環馬時，背反朝廷的。』便差雲中節度使韓存保出馬迎敵。這韓存保善使一枝方天畫戟。

兩個在陣前更不打話，一個使戟去搠，一個用槍來迎。兩個戰到五十餘合，呼延灼賣個破綻，閃出去，拍着馬望山坡下便走。韓存保緊要幹功，跑着馬趕來。八個馬蹄翻盞撒鈸相似，約趕過五七里，無人之處，看看趕上。呼延灼勒回馬，帶轉槍，舞起雙鞭來迎。兩個又鬥十數合之上。用雙鞭分開畫戟，回馬又走。

韓存保尋思：『這廝槍又近不得我，鞭又贏不得我。我不就這裏趕上捉了這賊，更待何時！』搶將近來，趕轉一兩山嘴，有兩條路，竟不知呼延灼何處去了。韓存保勒馬上坡來望時，衹見呼延灼繞着一條溪走。存保大叫：『潑賊，你走那裏去！快下馬來受降，饒你命！』呼延灼不走，大罵存保。韓存保却大寬轉來抄呼延灼後路。兩個却好在溪邊相迎着。一邊是山，一邊是溪，衹中間一條路。兩匹馬盤旋不得。呼延灼道：『你不降我，更待何時！』韓存保道：『你是我手裏敗將，倒要我降你！』呼延灼道：『我漏你到這裏，正要活捉你。你性命衹在頃刻。』韓存保道：『我正來活捉你！』

兩個舊氣又起。韓存保挺着長戟，望呼延灼前心兩脅軟肚上，雨點般戳將來。呼延灼用槍左撥右逼，捽風般搠入來。兩個又鬥了三十來合。正鬥到濃深處，韓存保一戟望呼延灼軟脅搠來，呼延灼一槍望韓存保前心刺去。兩個各把身軀一閃，兩邊軍器都從脅下搠來。呼延灼挾住韓存保戟杆，韓存保扭定呼延灼槍杆。兩個都在馬上你扯我拽，挾住腰胯，用力相挣。韓存保的馬，後蹄先塌下溪裏去了。呼延灼連人和馬，也拽下溪裏去了。兩個在水中扭做一塊，那兩匹馬踐起水來，一人一身水。呼延灼弃了手裏的槍，挾住他的戟杆，急去掣鞭時，韓存保也撇了他的槍杆，雙手按住呼延灼兩條臂。你揪我扯，兩個都滚下水裏去。那兩匹馬迸星也似跑上岸來，望山邊去了。兩個在溪水中，都滚没了軍器。頭上戴的盔没了，身上衣甲飄零。兩個衹把空拳來在水中厮打。一遞一拳，正在深水裏，又拖上淺水裏來。正解拆不開，岸上一彪軍馬趕到。爲頭的是没羽箭張清。衆人下手活捉了韓存保。差人急去尋那走了的兩匹戰馬，衹見那馬却聽得馬嘶人喊，也跑回來尋隊，因此收住。又去溪中撈起軍器還呼延灼，

帶濕上馬。却把韓存保背剪縛在馬上，一齊都奔峪口。

祇見前面一彪軍馬，來尋韓存保。兩家却好當住。爲頭兩員節度使，一個是梅展，一個是張開。因見水渌渌地馬上縛着韓存保，梅展大怒，舞三尖兩刃刀直取張清。交馬不到三合，張清便走。梅展趕來。張清輕舒猿臂，款扭狼腰，祇一石子飛來，正打中梅展額角，鮮血迸流。撇了手中刀，雙手掩面。張清急便回馬。却被張開搭上箭，拽滿弓，一箭射來。張清提馬頭一提，正射中馬眼，那馬便倒。張清跳在一邊，拈着槍便來步戰。那張清原來祇有飛石打將的本事，槍法上却慢。張開先救了梅展，次後來戰張清。馬上這條槍，神出鬼没。張清祇辦得架隔，遮攔不住，拖了槍便走入馬軍隊裹躲閃。張開槍馬到處，殺得五六十馬軍四分五落，再奪得韓存保。却待回來，祇見喊聲大舉，峪口兩彪軍到。一隊是霹靂火秦明，一隊是大刀關勝。兩個猛將殺來。張開祇保得梅展走了，那裹顧得衆軍。兩路殺入來，又奪了韓存保。張清搶了一匹馬，呼延灼使盡氣力，祇好隨衆厮殺。一齊掩擊到官軍隊前，乘勢衝動，退回濟州。梁山泊軍馬也不追趕，祇將韓存保連夜解上山寨來。

宋江等坐在忠義堂上，見縛到韓存保來，喝退軍士，親解其索，請坐廳上，殷勤相待。韓存保感激無地。就請出黨世雄相見，一同管待。宋江道：『二位將軍，切勿相疑。宋江等并無异心，祇被濫官污吏逼得如此。若蒙朝廷赦罪招安，情願與國家出力。』韓存保道：『前者陳太尉賫到招安詔敕來山，如何不乘機會去邪歸正？』宋江答道：『便是朝廷詔書，寫得不明。更兼用村醪倒换御酒，因此弟兄衆人心皆不伏。那兩個張幹辦、李虞候，擅作威福，耻辱衆將。』韓存保道：『祇因中間無好人維持，誤了國家大事。』宋江設筵管待已了，次日具備鞍馬，送出谷口。這兩個在路上，説宋江許多好處。回到濟州城外，却好晚了。次早入城來見高太尉，説宋江把二將放回之事。高俅大怒道：『這是賊人詭計，慢我軍心！你這二人有何面目見吾？左右，與我推出斬訖報來。』王焕等衆官都跪下告道：『非干此二人之事，乃是宋江、吴用之計。若斬此二人，反被賊人耻笑。』高太尉被衆人苦告，

饒了兩個性命，削去本身職事，發回東京泰乙宫聽罪。這兩個解回京師。

原來這韓存保是韓忠彦的侄兒，忠彦乃是國老太師，朝廷官員多有出他門下。有個門館教授，姓鄭名居忠，原是韓忠彦抬舉的人，現任御史大夫。韓存保把上件事告訴他。居忠上轎，帶了存保，來見尚書餘深，同議此事。餘深道：『須是禀得太師，方可面奏。』二人來見蔡京，説：『宋江本無异心，祇望朝廷招安。』蔡京道：『前者毁詔謗上，如此無禮，不可招安，祇可剿捕。』二人禀説：『前番招安，皆爲去人不布朝廷德意，用心撫恤，不用嘉言，專説利害，以此不能成事。』蔡京方允。約至次日早朝，道君天子升殿，蔡京奏准，再降詔敕，令人招安。天子曰：『現今高太尉使人來請安仁村聞焕章爲軍前參謀，早赴邊庭委用。就差此人爲使前去。如肯來降，悉免本罪；如仍不伏，就着高俅定限，日下剿捕盡絶還京。』蔡太師寫成草詔，一面取聞焕章赴省筵宴。原來這聞焕章是有名文士，朝廷大臣多有知識的。各備酒食迎接，席終各散。一邊收拾起行。有詩爲證：

　　教學先生最有才，天書特地召將來。展開説地談天口，便使恩光被草萊。

且不説這裹聞焕章，同天使出京。却説高太尉在濟州，心中煩惱。門吏報道：『牛邦喜到來。』高太尉便教唤至。拜罷，問道：『船隻如何？』邦喜禀道：『于路拘刷得大小船一千五百餘隻，都到閘下。』太尉大喜，賞了牛邦喜。便傳號令，教把船都放入闊港，每三隻一排釘住，上用板鋪，船尾用鐵環鎖定；盡數撥步軍上船，其餘馬軍，近水護送船隻。比及編排得軍士上船，訓練得熟，已得半月之久。梁山泊盡都知了。吴用唤劉唐受計，掌管水路建功。衆多水軍頭領，各各準備小船。船頭上排排釘住鐵葉，船艙裹裝載蘆葦乾柴，柴中灌着硫黄焰硝引火之物，屯住在小港内。却教炮手凌振于四望高山上，放炮爲號。又于水邊樹木叢雜之處，都縛旌旗于樹上。每一處都設金鼓火炮，虚屯人馬，假設營壘。請公孫勝作法祭風。旱地上分三隊軍馬接應。梁山泊吴用指畫已了。

却説高太尉在濟州催起軍馬，水路統軍却是牛邦喜，又同劉夢龍并黨世英這三個掌管。高太尉披挂了，發三

通擂鼓，水港裏船開，旱路上馬發。船行似箭，馬去如飛，殺奔梁山泊來。先說水路裏船隻，連篙不斷，金鼓齊鳴，迤邐殺入梁山深處，并不見一隻船。看看漸近金沙灘，衹見荷花蕩裏兩隻打魚船，每隻船上衹有兩個人，拍手大笑。頭船上劉夢龍便叫放箭亂射。漁人都跳下水底去了。劉夢龍催動戰船，漸近金沙灘頭。一帶陰陰的都是細柳，柳樹上拴着兩頭黄牛，緑莎草上睡着三四個牧童。遠遠地又有一個牧童，倒騎着一頭黄牛，口中嗚嗚咽咽吹着一管笛子來。

劉夢龍便教先鋒悍勇的，首先登岸。那幾個牧童跳起來呵呵大笑，都穿入柳陰深處去了。前隊五七百人搶上岸去。那柳陰樹中一聲炮響，兩邊戰鼓齊鳴。左邊就衝出一隊紅甲軍，爲頭是霹靂火秦明，右邊衝出一隊黑甲軍，爲頭是雙鞭將呼延灼。各帶五百軍馬，截出水邊。劉夢龍急招呼軍士下船時，已折了大半軍校。牛邦喜聽得前軍喊起，便教後船且退。衹聽得山頂上連珠炮響，蘆葦中颼颼有聲，却是公孫勝披髮仗劍，踏罡布斗，在山頂上祭風。初時穿林透樹，次後走石飛沙，須臾白浪掀天，頃刻黑雲覆地，紅日無光，狂風大作。劉夢龍急教棹船回時，衹見蘆葦叢中，藕花深處，小港狹汊，都棹出小船來，鑽入大船隊裏。鼓聲響處，一齊點着火把。原來這小船上，都是吴用主意授計與劉唐，盡使水軍頭領，裝載蘆葦乾柴硫黄焰硝，雜以油薪。霎時間大火竟起，烈焰飛天，四分五落，都穿在大船內。前後官船，一齊燒着。怎見得火起？但見：

黑烟迷緑水，紅焰起清波。風威卷荷葉滿天飛，火勢燎蘆林連梗斷。神號鬼哭，昏昏日色無光；岳撼山崩，浩浩波聲鼎沸。艦航遮洋盡倒，艨艟柁櫓皆休。先鋒將魄散魂飛，合後兵心驚膽裂。蕩槳的首先落水，點篙的無路逃生。船尾旌旗，不見青紅交雜；柁樓劍戟，難排霜刃爭叉。副將忙舉哀聲，主帥先尋死路。却似驪山頂上，周幽王褒姒戲諸侯；有若夏口三江，施妙策周郎破曹操。千千條火焰連天起，萬萬道烟霞貼水飛。

當時劉夢龍見滿港火飛，戰船都燒着了，衹得弃了頭盔衣甲，跳下水去。又不敢傍岸，揀港深水闊處，赴將開去逃命。蘆林裏面，一個人獨駕着小船，直迎將來。劉夢龍便鑽入水底下去。却好有一個人攔腰抱住，拖上船來。撑船的是出洞蛟童威，攔腰抱的是混江龍李俊。却說牛邦喜見四下官船隊裏火着，也弃了戎裝披挂，却待下水。船梢上鑽起一個人來，拿着撓鈎，劈頭搭住，倒拖下水裏去。那人是船火兒張横。這梁山泊內水面上，殺得尸横遍野，血濺波心，焦頭爛額者不計其數。衹有黨世英摇着小船，正走之間，蘆林兩邊弩箭弓矢齊發，射死水中。衆多軍卒會水的，逃得性命回去；不會水的，盡皆淹死；生擒活捉者，都解投大寨。李俊捉得劉夢龍，張横捉得牛邦喜，欲待解上山寨，惟恐宋江又放了。兩個好漢自商量，把這二人就路邊結果了性命，割下首級送上山來。

再說高太尉引領馬軍，在水邊策應。衹聽得連珠炮響，鼓聲不絶。料道是水面上厮殺，驟着馬前來，靠山臨水探望。衹見紛紛軍士，都從水裏逃命，爬上岸來。高俅認得是自家軍校，問其緣故。說被放火燒盡船隻，俱各不知所在。高太尉聽了，心内越慌。但望見喊聲不斷，黑烟滿空。急引軍回舊路時，山前鼓聲響處，衝出一隊馬軍攔路。當先急先鋒索超，輪起開山大斧，驟馬搶近前來。高太尉身邊節度使王焕，挺槍便出與索超交戰。鬥不到五合，索超撥回馬便走。高太尉引軍追趕。轉過山嘴，早不見索超。正走間，背後豹子頭林沖引軍趕來，又殺一陣。再走不過六七里，又是青面獸楊志引軍趕來，又殺一陣。又奔不到八九里，背後美髯公朱仝趕上來又殺一陣。這是吴用使的追趕之計，不去前面攔截，衹在背後趕殺。敗軍無心戀戰，衹顧奔走，救護不得後軍。因此高太尉被追趕得慌，飛奔濟州。比及入得城時，已自三更。又聽得城外寨中火起，喊聲不絶。原來被石秀、楊雄埋伏下五百步軍，放了三五把火，潛地去了。驚得高太尉魂不附體，連使人探視。回報『去了』，方才放心。整點軍馬，折其大半。

高俅正在納悶間，遠探報道：『天使到來。』高俅遂引軍馬并節度使出城迎接。見了天使，就說降詔招安一事。都與聞焕章參謀使相見了，同進城中帥府商議。高太尉先討抄白備詔觀看。待不招安來，又連折了兩陣，拘刷得許多船隻，又被盡行燒毁；待要招安來，恰又羞回京師。心下躊躇數日，主張不定。不想濟州有一個老吏，姓王名瑾，

那人平生克毒，人盡呼爲剜心王。却是太守張叔夜撥在帥府供給的吏。因見了詔書抄白，更打聽得高太尉心内遲疑不决，遂來帥府呈獻利便事件，禀說：『貴人不必沉吟，小吏看見詔上已有活路。這個寫草詔的翰林待詔，必與貴人好，先開下一個後門了。』

高太尉見說大驚，便問道：『你怎見得先開下後門？』王瑾禀道：『詔書上最要緊是中間一行，道是：「除宋江、盧俊義等大小人衆所犯過惡，并與赦免。」這一句是囫圇話。如今開讀時，却分作兩句讀。將「除宋江」另做一句，「盧俊義大小人衆所犯過惡，并與赦免」另做一句。賺他漏到城裏，捉下爲頭宋江一個，把來殺了。却將他手下衆人，盡數拆散，分調開去。自古道：蛇無頭而不行，鳥無翅而不飛。但没了宋江，其餘的做得甚用！此論不知太尉恩相貴意若何？』高俅大喜，隨即升王瑾爲帥府長史。便請聞參謀說知此事，一同計議。聞煥章諫道：『堂堂天使，衹可以正理相待，不可行詭詐于人。倘或宋江以下，有智謀之人識破，翻變起來，深爲未便。』高太尉道：『非也！自古兵書有云「兵行詭道」，豈可用得正大。』聞參謀道：『然雖「兵行詭道」，這一事是天子聖旨，乃以取信天下。自古王言如綸如綍，因此號爲玉音，不可移改。今若如此，後有知者，難以此爲準信。』高太尉道：『且顧眼下，却又理會。』遂不聽聞煥章之言，先遣一人往梁山泊報知，令宋江等全伙，前來濟州城下，聽天子詔敕，赦免罪犯。

却說宋江又赢了高太尉這一陣，燒了的船，令小校搬運做柴，不曾燒的，拘收入水寨。但是活捉的軍將，盡數陸續放回濟州。當日宋江與大小頭領，正在忠義堂上商議事務，小校報道：『濟州府差人上山來，報道：「朝廷特遣天使頒降詔書，赦罪招安，加官賜爵。特來報喜。」』宋江聽罷，喜從天降，笑逐顔開。便叫請那報事人到堂上問時，那人說道：『朝廷降詔，特來招安。高太尉差小人前來報請大小頭領，都要到濟州城下行禮，開讀詔書。并無异議，勿請疑惑。』宋江叫請軍師商議定了，且取銀兩緞匹，賞賜來人，先發付回濟州去了。

宋江傳下號令，大小頭領，盡教收拾，便去聽開讀詔書。盧俊義道：『兄長且未可性急，誠恐這是高太尉的見識，兄長且不可便去！』宋江道：『你們若如此疑心時，如何能夠歸正？衆人好歹去走一遭。』吴用笑道：『高俅那厮被我們殺得膽寒心碎，便有十分的計策也施展不得。放着衆弟兄一班好漢，不要疑心，衹顧跟隨宋公明哥哥下山。我這裏先差黑旋風李逵引着樊瑞、鮑旭、項充、李衮，將帶步軍一千，埋伏在濟州東路；再差一丈青扈三娘，引着顧大嫂、孫二娘、王矮虎、孫新、張青，將帶馬軍一千，埋伏在濟州西路。若聽得連珠炮響，殺奔北門來取齊。』吴用分調已定，衆頭領都下山，衹留水軍頭領看守寨柵。衹因高太尉要用詐術，誘引這伙英雄下山，不聽聞參謀諫勸。誰想衹就濟州城下，翻爲九里山前；梁山泊邊，變作三江夏口。却似狼臨犬隊，虎入羊群。正是：衹因一紙君王詔，惹起全班壯士心。

畢竟衆好漢怎地大鬧濟州，且聽下回分解。

第八十回　張順鑿漏海鰍船　宋江三敗高太尉

話說高太尉在濟州城中，帥府坐地，唤過王焕等衆節度商議，傳令將各路軍馬，拔寨收入城中；教現在節度使，俱各全副披挂，伏于城内；各寨軍士，盡數準備，擺列于城中；城上俱各不竪旌旗，衹于北門上立黄旗一面，上書『天詔』二字。高俅與天使衆官，都在城上，衹等宋江到來。

當日梁山泊中，先差没羽箭張清，將帶五百哨馬，到濟州城邊，周回轉了一遭，望北去了。須臾，神行太保戴宗，步行來探了一遭。人報與高太尉，親自臨月城上，女墻邊。左右從者百餘人，大張麾蓋，前設香案。遥望北邊，宋江軍馬到來。前面金鼓五方旌旗，衆頭領簸箕掌，栲栳圈，雁翅一般擺列將來。當先爲首宋江、盧俊義、吴用、公孫勝，在馬上欠身，與高太尉聲喏。高太尉見了，使人在城上叫道：『如今朝廷赦你們罪犯，特來招安，如何披甲前來？』宋江使戴宗至城下回復道：『我等大小人員，未蒙恩澤，不知詔意若何，未敢去其介胄。望太尉周全，可盡唤在城百姓耆老，一同聽詔，那時承恩卸甲。』高太尉出令，教唤在城耆老百姓，盡都上城聽詔。無移時，紛紛滚滚，盡皆到了。宋江等在城下，看見城上百姓老幼擺滿，方才勒馬向前。鳴鼓一通，衆將下馬。鳴鼓二通，衆將步行到城邊。背後小校牽着戰馬，離城一箭之地，齊齊地伺候着。鳴鼓三通，衆將在城下拱手，共聽城上開讀詔書。那天使讀道：

『制曰：人之本心，本無二端。國之恒道，俱是一理。作善則爲良民，造惡則爲逆黨。爲惡黨者，此非正命，深可憫焉。朕聞梁山泊聚衆已久，不蒙善化，未復良心。今差天使頒降詔書，除宋江，盧俊義等大小人衆所犯過惡，并與赦免。其爲首者，詣京謝恩；協隨助者，各歸鄉閭。毋違朕意，以負汝懷。嗚呼，速沾雨露，以就去邪歸正之心；毋犯雷霆，當效革故鼎新之意。故兹詔示，想宜悉知。

宣和　年　月　日』

當時軍師吴用正聽讀到『除宋江』三字，便目視花榮道：『將軍聽得麽？』却才讀罷詔書，花榮大叫：『既不赦我哥哥，我等投降則甚！』搭上箭，拽滿弓，望着那個開詔使臣道：『看花榮神箭！』一箭射中面門。衆人急救。城下衆好漢一齊叫聲：『反！』亂箭望城上射來。高太尉回避不迭。四門突出軍馬來。宋江軍中，一聲鼓響，一齊上馬便走。城中官軍追趕，約有五六里回來。祇聽得後軍炮響，東有李逵引步軍殺來，西有扈三娘引馬軍殺來，兩路軍兵，一齊合到。城内官軍祇怕有埋伏，都急退時，宋江全伙却回身卷殺將來，三面夾攻。城中軍馬大亂，急急奔回，殺死者多。宋江收軍，不教追趕，自回梁山泊去了。

却說高太尉在濟州寫表，申奏朝廷，稱説宋江賊寇射死天使，不伏招安。外寫密書，送與蔡太師、童樞密、楊太尉，煩爲商議，教太師奏過天子，沿途接應糧草，星夜發兵前來，并力剿捕群賊。

却說蔡太師收得高太尉密書，徑自入朝奏知天子。天子聞奏，龍顔不悦，云：『此寇數辱朝廷，累犯大逆！』隨次降敕，教諸路各助軍馬，并聽高太尉調遣。楊太尉已知節次失利，再于御營司選撥二將，就于龍猛、虎翼、捧日、忠義四營内，各選精兵五百，共計二千，跟隨兩個上將，去助高太尉殺賊。

這兩員將軍是誰？一個是八十萬禁軍都教頭，官帶左義衛親軍指揮使，護駕將軍丘岳。一個是八十萬禁軍副教頭，官帶右義衛親軍指揮使，車騎將軍周昂。這兩個將軍，累建奇功，名聞海外，深通武藝，威鎮京師。又是高太尉心腹之人。當時楊太尉點定二將，限目下起身。來辭蔡太師。蔡京分付道：『小心在意，早建大功，必當重用。』二將辭謝了，去四營内一個個選揀長身體健，腰細膀闊，山東、河北，能登山，慣赴水，那一等精鋭軍漢，撥與二將。這丘岳、周昂辭了衆省院官，去辭楊太尉，稟説明日出城。楊太尉各賜與二將五匹好馬，以爲戰陣之用。就教披挂，列布出城，教東京百姓看這隊軍馬。二人謝了太尉，各自回營，收拾起身。次日，軍兵拴束了行程，都在御營司前伺候。丘岳、周昂二將，分做四隊。龍猛、虎翼二營一千軍，有二千餘騎軍馬，丘岳總領。捧日、

忠義二營一千軍，也有二千餘騎軍馬，周昂總領。又有一千步軍，分與二將隨從。丘岳、周昂到辰牌時分，擺列出城。楊太尉親自在城門上看軍。且休説小校威雄，親隨勇猛，去那兩面綉旗下，一叢戰馬之中，簇擁着護駕將軍丘岳，怎生打扮？但見：

戴一頂纓撒火，錦兜鍪，雙鳳翅照天盔；披一副緑絨穿，紅錦套，嵌連環鎖子甲；穿一領翠沿邊，珠絡縫，荔枝紅，圖金綉戲獅袍；系一條襯金葉，玉玲瓏，雙獺尾，紅鞓釘盤螭帶；着一雙簇金綫，海驢皮，胡桃紋，抹緑色雲根靴；彎一張紫檀靶，泥金梢，龍角面，虎筋弦寶雕弓；懸一壺紫竹杆，朱紅扣，鳳尾翎，狼牙金點鋼箭；挂一口七星裝，沙魚鞘，賽龍泉，欺巨闕霜鋒劍；横一把撒朱纓，水磨杆，龍吞頭，偃月樣三停刀；騎一匹快登山，能跳澗，背金鞍，摇玉勒胭脂馬。

那丘岳坐在馬上，昂昂奇偉，領着左隊人馬。東京百姓看了，無不喝采。隨後便是右隊捧日、忠義兩營軍馬，端的整齊。去那兩面綉旗下，一叢戰馬之中，簇擁着車騎將軍周昂。怎生打扮？但見：

戴一頂吞龍頭，撒青纓，珠閃爍爛銀盔；披一副損槍尖，壞箭頭，襯香綿熟鋼甲；穿一領綉牡丹，飛雙鳳，圈金綫絳紅袍；系一條稱狼腰，宜虎體，嵌七寶麒麟帶；着一雙起三尖，海獸皮，倒雲根虎尾靴；彎一張雀畫面，龍角靶，紫綜綉六鈞弓；攢一壺皂雕翎，鐵梨杆，透唐猊鑿子箭；使一柄欺袁達，賽石丙，劈開山金蘸斧；騎一匹負千斤，高八尺，能衝陣火龍駒；懸一條簡銀杆，四方棱，賽金光劈楞簡。好似南天六丁將，渾如西岳巨靈神。

這周昂坐在馬上，停停威猛，領着右隊人馬，來到城邊。與丘岳下馬來，拜辭楊太尉，作別衆官，離了東京，取路望濟州進發。

且說高太尉在濟州和聞參謀商議，比及添撥得軍馬到來，先使人去近處山上，砍伐木植大樹，附近州縣，拘刷造船匠人，就濟州城外搭起船場，打造戰船。一面出榜招募敢勇水手軍士。

濟州城中客店內，歇着一個客人，姓葉名春，原是泗州人氏，善會造船。因來山東，路經梁山泊過，被他那裏小伙頭目劫了本錢，流落在濟州，不能夠回鄉。知得高太尉要伐木造船，征進梁山泊，以圖取勝，將紙畫成船樣，來見高太尉。拜罷，稟道：『前者恩相以船征進，爲何不能取勝？蓋因船隻皆是各處拘刷將來的，使風搖櫓，俱不得法。更兼船小底尖，難以用武。葉春今獻一計，若要收伏此寇，必須先造大船數百隻。最大者名爲大海鰍船，兩邊置二十四部水車，船中可容數百人。每車用十二個人踏動，外用竹笆遮護，可避箭矢。船面上竪立弩樓，另造剗車，擺布放于上。如要進發，垜樓上一聲梆子響，二十四部水車，一齊用力踏動，其船如飛，他將何等船隻可以攔當？若是遇着敵軍，船面上伏弩齊發，他將何物可以遮護？其第二等船，名爲小海鰍船，兩邊祇用十二部水車，船中可容百十人。前面後尾，都釘長釘。兩邊亦立弩樓，仍設遮洋笆片。這船却行梁山泊小港，當住這厮私路伏兵。若依此計，梁山之寇，指日唾手可平。』高太尉聽說，看了圖樣，心中大喜。便叫取酒食衣服，賞了葉春。就着他監造戰船都作頭。連日曉夜催并，砍伐木植，限日定時，要到濟州交納。各路府州縣，均派合用造船物料。如若違限二日，笞四十。每三日加一等。若違限五日外者，定依軍令處斬。各處逼迫，守令催督。百姓亡者數多，萬民嗟怨。有詩爲證：

井蛙小見豈知天，可慨高俅聽譎言。畢竟鰍船難取勝，傷財勞衆更徒然。

且不說葉春監造海鰍等船。却說各處添撥水軍人等，陸續都到濟州。高太尉俱各分撥各寨節度使下聽調，不在話下。祇見門吏報道：『朝廷差遣丘岳，周昂二將到來。』高太尉令衆節度使出城迎接。二將到帥府參見了太尉，親賜酒食，撫慰已畢。一面差人賞軍，一面管待二將。二將便請太尉將令，引軍出城搦戰。高太尉道：『二公且消停數日。待海鰍船完備，那時水陸并進，船騎雙行，一鼓可平賊寇。』丘岳、周昂稟道：『某等覷梁山泊草寇如同兒戲！太尉放心，必然奏凱還京。』高俅道：『二將若果應口，吾當奏知天子前，必當重用。』是日宴散，就帥府前上馬，回歸本寨。且把軍馬屯駐聽調。

不說高太尉催促造船征進。却說宋江與衆頭領自從濟州城下叫反殺人，奔上梁山泊來，却與吳用等商議道：『兩次招安，都傷犯了天使，越增的罪惡重了，如何是好？朝廷必然又差軍馬來討罪。』便差小嘍囉下山，去探事情如何，火急回報。不數日，祇見小嘍囉探知備細，報上山來。忠義堂上宋江與軍師吳用等相論：高俅近日招募一水軍，叫葉春爲作頭，打造大小海鰍船數百隻。東京又新遣差兩個御前指揮使到來助戰。一個姓丘名岳，一個姓周名昂。二將英勇。各路又添撥到許多人馬，前來助戰。宋江便與吳用計議道：『似此大船，飛游水面，如何破得？』吳用笑道：『有何懼哉！祇消得幾個水軍頭領便了。旱路上交鋒，自有猛將應敵。然雖如此，料這等大船，要造必在數旬間方得成就，目今尚有四五十日光景。先教一兩個弟兄，去那造船廠裏，先薅惱他一遭，後却和他慢慢地放對。』宋江道：『此言最好。可教鼓上蚤時遷，金毛犬段景住這兩個走一遭。』吳用道：『再叫張青、孫新扮作拽樹民夫，雜在人叢裏，入船廠去。却叫顧大嫂、孫二娘，扮做送飯婦人，和一般的婦人雜將入去。却教時遷、段景住接應。』前後喚到堂上，聽令已了。這兩個歡喜無限，分投下山，自去行事。

却說高太尉曉夜催促，督造船隻，朝暮捉拿民夫供役。那濟州東路上一帶，都是船廠，攢造大海鰍船百隻，何止匠人數千，紛紛攘攘。那等蠻軍，都拔出刀來，唬嚇民夫，無分星夜，要攢完備。是日，時遷、段景住先到了廠內。兩個商量道：『眼見的孫、張二夫妻，祇是去船廠裏放火。我和你也去那裏，不顯我和你高强。我們祇伏在這裏左右。等他船廠裏火發，我便却去城門邊伺候。必然有救軍出來，乘勢閃將入去，就城樓上放起火來。你便却去城西草料場裏，也放起把火來，教他兩下裏救應不迭。教他這場驚嚇不小。』兩個自暗暗地相約了，身邊都藏了引火的藥頭，各自去尋個安身之處。

却說張青、孫新兩個，來到濟州城下，看見三五百人拽木頭入船廠裏去。張、孫二人，雜在人叢裏，也去拽木頭投廠裏去。廠門口約有二百來軍漢，各帶腰刀，手拿棍棒，打着民夫，盡力拖拽入廠裏面交納。團團一遭，都是排柵，前後搭蓋茅草廠屋，有三二百間。張青、孫新入到裏面看時，匠人數千，解板的在一處，釘船的在一處，艌船的在一處。匠人民夫，亂滾滾往來，不記其數。這兩個徑投做飯的笆棚下去躲避。孫二娘、顧大嫂兩個，穿了些腌腌臢臢衣服，各提着個飯罐，隨着一般送飯的婦人，打哄入去。看看天色漸晚，月色光明。衆匠人大半尚兀自在那裏掙攢未辦的工程。當晚約有二更時分，孫新、張青在左邊船廠裏放火，孫二娘、顧大嫂在右邊船廠裏放火。兩勢下火起，草屋焰騰騰地價燒起來。船廠內民夫工匠，一齊發喊，拔翻排柵，各自逃生。

高太尉正睡間，忽聽得人報道：『船場裏火起！』急忙起來，差撥官軍出城救應。丘岳、周昂二將，各引本部軍兵，出城救火。去不多時，城樓上一把火起。高太尉聽了，親自上馬引軍上城救火時，又見報道：『西草場內，又一把火起，照耀渾如白日。』丘、周二將引軍去西草場中救護時，祇聽得鼓聲振地，喊殺連天。原來沒羽箭張清，引着五百驃騎馬軍在那裏埋伏，看見丘岳、周昂引軍來救應，張清便直殺將來，正迎着丘岳、周昂軍馬。張清大喝道：『梁山泊好漢全伙在此！』丘岳大怒，拍馬舞刀，直取張清。張清手搭長槍來迎。不過三合，拍馬便走。丘岳要逞功勞，隨後趕來，大喝：『反賊休走！』張清按住長槍，輕輕去錦袋內偷取個石子在手，扭回身軀，看丘岳來得較近，手起喝聲道：『着！』一石子正中丘岳面門，翻身落馬。周昂見了，便和數個牙將，死命來救丘岳。周昂戰住張清，衆將救得丘岳上馬去了。張清與周昂戰不到數合，回馬便走。周昂不趕。張清又回來。却見王煥、徐京、楊温、李從吉四路軍到。張清手招引了五百驃騎軍，竟回舊路去了。這裏官軍恐有伏兵，不敢去趕，自收軍兵回來，且祇顧救火。三處火滅，天色已曉。

高太尉教看丘岳中傷如何。原來那一石子正打着面門，唇口裏打落了四個牙齒，鼻子嘴唇都打破了。高太尉着令醫人治療。見丘岳重傷，恨梁山泊深入骨髓。一面使人喚葉春分付，教在意造船征進。船廠四圍，都教節度使下了寨柵，早晚提備，不在話下。

却說張青、孫新夫妻四人，俱各歡喜。時遷、段景住兩個，都回舊路。六人已自都有部從人馬，迎接回梁山泊去了。都到忠義堂上，說放火一事。宋江大喜，設宴特賞六人。自此之後，不時間使人探視。

造船將完，看看冬到。其年天氣甚暖，高太尉心中大喜，以爲天助。葉春造船已都完辦，高太尉催趲水軍，都要上船演習本事。大小海鰍等船，陸續下水。城中帥府，招募到四山五岳水手人等，約有一萬餘人。先教一半去各船上學踏車，着一半學放弩箭。不過二十餘日，戰船演習，已都完足了。葉春請太尉看船。有詩爲證：

自古兵機在速攻，鋒摧師老豈成功。高俅鹵莽無通變，經歲勞民造戰艟。

是日，高俅引領衆多節度使、軍官頭目，都來看船。把海鰍船三百餘隻，分布水面。選十數船隻，遍插旌旗，篩鑼擊鼓。梆子響處，兩邊水車一齊踏動，端的是風飛電走。高太尉看了，心中大喜。『似此如飛船隻，此寇將何攔截！此戰必勝！』隨取金銀緞匹，賞賜葉春。其餘人匠，各給盤纏，疏放歸家。次日，高俅令有司宰烏牛白馬，果品猪羊，擺列金銀錢紙，致祭水神。排列已了，衆將請太尉行香。丘岳瘡口已完，恨入心髓，祇要活捉張清報仇。當同周昂與衆節度使，一齊都上馬，跟隨高太尉到船邊下馬，隨侍高俅致祭水神。焚香贊禮已畢，燒化楮帛。衆將稱賀已了。高俅叫取京師原帶來的歌兒舞女，都令上船作樂侍宴。一面教軍健車船演習，飛走水面。船上笙簫謾品，歌舞悠揚，游玩終夕不散。當夜就船中宿歇。次日，又設席面飲酌。一連三日筵宴，不肯開船。忽有人報道：『梁山泊賊人，寫一首詩，貼在濟州城裏土地廟前。有人揭得在此。』寫道：

『生擒楊戩與高俅，掃蕩中原四百州。便有海鰍船萬隻，俱來泊內一齊休！』

高太尉看了詩，大怒，便要起軍征剿，『若不殺盡賊寇，誓不回軍』！聞參謀諫道：『太尉暫息雷霆之怒。想此狂寇懼怕，特寫惡言唬嚇，不爲大事。消停數日之間，撥定了水陸軍馬，那時征進未遲。目今深冬，天氣和暖，此是天子洪福，元帥虎威也。』高俅聽罷甚喜，遂入城中，商議撥軍遣將。旱路上便調周昂、王焕同領大軍，隨行策應。却調項元鎮、張開，總領軍馬一萬，直至梁山泊山前那條大路上守住厮殺。原來梁山泊自古四面八方，茫茫蕩蕩，都是蘆葦野水。近來衹有山前這條大路，却是宋公明方才新築的，舊不曾有。高太尉教調馬軍先進，截住這條路口。其餘聞參謀、丘岳、徐京、梅展、王文德、楊温、李從吉，長史王瑾，造船人葉春，隨行牙將，大小軍校，隨從人等，都跟高太尉上船征進。聞參謀諫道：『主帥衹可監督馬軍，陸路進發，不可自登水路，親臨險地。』高太尉道：『無傷！前番二次，皆不得其人，以致失陷了人馬，折了許多船隻。今番造得若干好船，我若不親臨監督，如何擒捉此寇！今次正要與賊人決一死戰。汝不必多言。』聞參謀再不敢開口，衹得跟隨高太尉上船。高俅撥三十隻大海鰍船與先鋒丘岳、徐京、梅展管領，撥五十隻小海鰍船開路，令楊温同長史王瑾、船匠葉春管領。頭船上立兩面大紅綉旗，上書十四個金字道：『攪海翻江衝白浪，安邦定國滅洪妖。』中軍船上，却是高太尉、聞參謀，引着歌兒舞女，自守中軍隊伍。向那三五十隻大海鰍船上，擺開碧油幢、帥字旗、黄鉞白旄、朱幡皂蓋、中軍器械。後面船上，便令王文德、李從吉壓陣。此是十一月中時。馬軍得令先行。水軍先鋒丘岳、徐京、梅展三個，在頭船上，首先進發。飛雲卷霧，望梁山泊來。但見海鰍船：

前排箭洞，上列弩樓。衝波如蛟蜃之形，走水似鯤鯨之勢。龍鱗密布，左右排二十四部絞車；雁翅齊分，前後列一十八般軍器。青布織成皂蓋，紫竹制作遮洋。往來衝擊似飛梭，展轉交鋒欺快馬。五方旗幟翻風，遍插垛樓；兩個甲兵挺劍，皆潛艘道。攪起掀天駭浪，掀翻滚雪洪濤。來時金鼓喧闐，到處波瀾洶湧。荷葉池中風雨響，蒹葭叢裏海鰍來。

宋江、吴用，已知備細，預先布置已定，單等官軍船隻到來。當下三個先鋒，催動船隻，把小海鰍分在兩邊，當住小港，大海鰍船望中進發。衹見遠遠地早有一簇船來。每隻船上，衹有十四五人，身上都有衣甲。當中坐着

一個頭領。前面三隻船上，插着三把白旗，旗上寫道：『梁山泊阮氏三雄。』中間阮小二，左邊阮小五，右邊阮小七。遠遠地望見明晃晃都是戎裝衣甲，却原來盡把金銀箔紙糊成的。

三個先鋒見了，便叫前船上將火炮、火槍、火箭一齊打放。那三阮全然不懼。料着船近，槍箭射得着時，發聲喊，都跳下水裏去了。丘岳等奪得三隻空船。又行不過三里來水面，見三隻快船，搶風摇來。頭隻船上，衹有十數個人，都把青黛、黄丹、土朱、泥粉抹在身上，頭上披着髮，口中打着唿哨，飛也似來。兩邊兩隻船上，都衹五七個人，搽紅畫緑不等。中央是玉幡竿孟康，左邊是出洞蛟童威，右邊是翻江蜃童猛。這裏先鋒丘岳，又叫打放火器。衹見對面發聲喊，都弃了船，一齊跳下水裏去了。又捉得三隻空船。再行不得三里多路，又見水面上三隻中等船來，每船上四把櫓，八個人摇動，十餘個小嘍囉打着一面紅旗，簇擁着一個頭領，坐在船頭上，旗上寫：『水軍頭領混江龍李俊。』左邊這隻船上，坐着這個頭領，手搭鐵槍，打着一面緑旗，上寫道：『水軍頭領船火兒張横。』右邊那隻船上，立着那個好漢，上面不穿衣服，下腿赤着雙脚，腰間插着幾個鐵鑿，手中挽個銅錘，打着一面皂旗，銀字，上書：『頭領浪裏白跳張順。』乘着船，高聲説道：『承謝送船到泊！』三個先鋒聽了，喝教放箭。弓弩響時，對面三隻船上衆好漢，都翻筋斗跳下水裏去了。此是暮冬天氣，官軍船上招來的水手軍士，那裏敢下水去。

正猶豫間，衹聽得梁山泊頂上，號炮連珠價響。衹見四分五落，蘆葦叢中鑽出千百隻小船來，水面如飛蝗一般。每隻船上，衹三五個人，船艙中竟不知有何物。大海鰍船要撞時，又撞不得。水車正要踏動時，前面水底下都填塞定了，車輻板竟踏不動。弩樓上放箭時，小船上人一個個自頂片板遮護。看看逼將攏來，一個把撓鈎搭住了舵，一個把板刀便砍那踏車的軍士，早有五六十個爬上先鋒船來。官軍急要退時，後面又塞定了，急切退不得。前船正混戰間，後船又大叫起來。高太尉和聞參謀在中軍船上，聽得大亂，急要上岸。衹聽得蘆葦中金鼓大振，艙内軍士一齊喊道：『船底漏了！』滚滚走入水來。前船後船，盡皆都漏，看看沉下去。四下小船，如螞蟻相似，望大船邊來。高太尉

新船，緣何得漏？却原來是張順引領一班兒高手水軍，都把鍾鑿在水底下鑽透船底，四下裏滾入水來。

高太尉爬去舵樓上，叫後船救應。衹見一個人從水底下鑽將起來，便跳上舵樓來，口裏説道：『太尉，我救你性命！』高俅看時，却不認得。那人近前，便一手揪住高太尉巾幘，一手提住腰間束帶，喝一聲：『下去！』把高太尉撲同地丢下水裏去。衹見傍邊兩隻小船，飛來救應，拖起太尉上船去。那個人便是浪裏白跳張順，水裏拿人，渾如瓮中捉鱉，手到拈來。

前船丘岳見陣勢大亂，急尋脱身之計。衹見旁邊水手叢中，走出一個水軍來。丘岳不曾提防，被他趕上，衹一刀，把丘岳砍下船去。那個便是梁山泊錦豹子楊林。徐京、梅展見殺了先鋒丘岳，兩個奔來殺楊林。水軍叢中，連搶出四個小頭領來：一個是白面郎君鄭天壽，一個是病大蟲薛永，一個是打虎將李忠，一個是操刀鬼曹正，一發從後面殺來。徐京見不是頭，便跳下水去逃命。不想水底下已有人在彼，又吃拿了。薛永將梅展一槍搠着腿股，跌下艙裏去。原來八個頭領，來投充水軍，尚兀自有三個在前船上：一個是青眼虎李雲，一個是金錢豹子湯隆，一個是鬼臉兒杜興。衆節度使便有三頭六臂，到此也施展不得。

梁山泊宋江、盧俊義，已自各分水陸進攻。宋江掌水路，盧俊義掌旱路。休説水路全勝，且説盧俊義引領諸將軍馬，從山前大路殺將出來，正與先鋒周昂、王焕馬頭相迎。周昂見了，當先出馬，高聲大駡：『反賊認得俺麼？』盧俊義大喝：『無名小將，死在目前，尚且不知！』便挺槍躍馬，直奔周昂。周昂也掄動大斧，縱馬來敵。兩將就山前大路上交鋒，鬥不到二十餘合，未見勝敗。衹聽得後隊馬軍發起喊來。原來梁山泊大隊軍馬，都埋伏在山前兩下大林叢中，一聲喊起，四面殺將出來。東南關勝、秦明，西北林沖、呼延灼，衆多英雄，四路齊到。項元鎮、張開那裏攔當得住。殺開條路，先逃性命走了。周昂、王焕不敢戀戰，拖了槍斧，撥回馬，也隨從項元鎮、張開奪路而走，逃入濟州城中。扎住軍馬，打聽消息。

再説宋江掌水路，捉了高太尉，急教戴宗傳令，不許殺害軍士。中軍大海鰍船上，聞參謀等，并歌兒舞女，一應部從，盡擄過船。鳴金收軍，解投大寨。宋江、吴用、公孫勝等，都在忠義堂上，見張順水淥淥地解到高俅。宋江見了，慌忙下堂扶住，便取過羅緞新鮮衣服，與高太尉從新換了，扶上堂來，請在正面而坐。宋江納頭便拜，口稱死罪。高俅慌忙答禮。宋江叫吴用、公孫勝扶住。拜罷，就請上坐。再叫燕青傳令下去：『如若今後殺人者，定依軍令處以重刑。』號令下去不多時，衹見紛紛解上人來。童威、童猛解上徐京，李俊、張横解上王文德，楊雄、石秀解上楊温，三阮解上李從吉，鄭天壽、薛永、李忠、曹正解上梅展，楊林解獻丘岳首級，李雲、湯隆、杜興解獻葉春、王瑾首級，解珍、解寶擄捉聞參謀并歌兒舞女，一應部從，解將到來。單單衹走了四人：周昂、王焕、項元鎮、張開。宋江都教换了衣服，從新整頓。盡皆請到忠義堂上，列坐相待。但是活捉軍士，盡數放回濟州。另教安排一隻好船，安頓歌兒舞女，一應部從，令他自行看守。有詩爲證：

奉命高俅欠取裁，被人活捉上山來。不知忠義爲何物，翻宴梁山嘯聚臺。

當時宋江便教殺牛宰馬，大設筵宴。一面分投賞軍，一面大吹大擂，會集大小頭領，都來與高太尉相見。各施禮罷，宋江執盞擎杯，吴用、公孫勝執瓶捧案，盧俊義等侍立相待。宋江乃言道：『文面小吏，安敢反逆聖朝！奈緣積累罪犯，逼得如此。二次雖奉天恩，中間委曲奸弊，難以屢陳。萬望太尉慈憫，救拔深陷之人，得瞻天日。刻骨銘心，誓圖死報。』高俅見了衆多好漢，一個個英雄勇烈，智勇威嚴，盡是錦衣綉襖，不似上陣之時，先有五分懼怯，便道：『宋公明，你等放心！高某回朝，必當重奏，請降寬恩大赦，前來招安，重賞加官，大小義士，盡食天禄，以爲良臣。』宋江聽了大喜，拜謝太尉。當日筵會，大小頭領，輪番把盞，殷勤相勸。高太尉大醉，酒後不覺失言，疏狂放蕩，便道：『我自小學得一身相撲，天下無對。』盧俊義却也醉了，怪高太尉自誇天下無對，便指着燕青道：『我這個小兄弟，也會相撲。三番上岱岳争跤，天下無對。』高俅便起身來，脱了衣裳，要與燕青厮撲。

衆頭領見宋江敬他是個天朝太尉，没奈何處，祇得隨順聽他説；不想要勒燕青相撲，正要滅高俅的嘴，都起身來道：『好，好！且看相撲！』衆人都哄下堂去。宋江亦醉，主張不定。兩個脱了衣裳，就廳階上，宋江叫把軟褥鋪下。兩個在剪絨毯上，吐個門户。高俅搶將入來，燕青手到，把高俅扭捽得定，祇一跤，攧翻在地褥上，做一塊半晌掙不起。這一撲，唤做守命撲。宋江、盧俊義慌忙扶起高俅，再穿了衣服。都笑道：『太尉醉了，如何相撲得成功！切乞恕罪！』高俅惶恐無限，却再入席，飲至夜深，扶入後堂歇了。

次日，又排筵會與高太尉壓驚。高俅遂要辭回，與宋江等作别。宋江道：『某等淹留大貴人在此，并無异心。若有瞞昧，天地誅戮。』高俅道：『若是義士肯放高某回京，便將全家于天子前保奏義士，定來招安，國家重用。若更翻變，天所不蓋，地所不載，死于槍箭之下！』宋江聽罷，叩首拜謝。高俅又道：『義士，恐不信高某之言，可留下衆將爲當。』宋江道：『太尉乃大貴人之言，焉肯失信，何必拘留衆將。容日各備鞍馬，俱送回營。』高太尉謝了：『既承如此相款，深感厚意。祇此告回。』宋江等衆苦留。當日再排大宴，序舊論新，筵席直至更深方散。

第三日，高太尉定要下山。宋江等相留不住，再設筵宴送行。高俅道：『義士可叫一個精細之人，跟隨某去。我直引他面見天子，奏知你梁山泊衷曲之事，隨即好降詔敕。』宋江一心祇要招安，便與吴用計議，教聖手書生蕭讓跟隨太尉前去。吴用便道：『再教鐵叫子樂和作伴，兩個同去。』高太尉道：『既然義士相托，便留聞參謀在此爲信。』宋江大喜。至第四日，宋江與吴用帶二十餘騎，送高太尉等并衆節度使下山，過金沙灘二十里外餞别。拜辭了高太尉，自回山寨。

却説高太尉等一行人馬，望濟州回來，先有人報知。濟州先鋒周昂、王焕、項元鎮、張開，太守張叔夜等，出城迎接。高太尉進城，略住了數日。傳下號令，收拾軍馬，教衆節度使各自領兵回程暫歇，聽候調用。高太尉

自帶了周昂并大小牙將頭目，領了三軍，同蕭讓、樂和一行部從，離了濟州，迤邐望東京進發。太守張叔夜自回濟州，緊守城池。不因高太尉帶領梁山泊兩個人來，有分教：風流浪子，花階柳陌遇君王；神聖公人，相府侯門尋俊杰。直教龍鳳宴中知猛勇，虎狼叢裏顯英雄。

畢竟高太尉回京怎地保奏招安宋江等衆，且聽下回分解。

第八十一回　燕青月夜遇道君　戴宗定計出樂和

話說梁山泊好漢，水戰三敗高俅，盡被擒捉上山。宋公明不肯殺害，盡數放還。高太尉許多人馬回京，就帶蕭讓、樂和前往京師聽候招安一事。却留下參謀聞煥章在梁山泊裏。那高俅在梁山泊時，親口說道：『我回到朝廷，親引蕭讓等面見天子，便當力奏，親自保舉，火速差人就便前來招安。』因此上就叫樂和爲伴，與蕭讓一同去了，不在話下。

且說梁山泊衆頭目商議，宋江道：『我看高俅此去，未知真實。』吴用笑道：『我觀此人生的蜂目蛇形，是個轉面無恩之人。他折了許多軍馬，廢了朝廷許多錢糧，回到京師，必然推病不出，朦朧奏過天子，權將軍士歇息。蕭讓、樂和，軟監在府裏。若要等招安，空勞神力。』宋江道：『似此怎生奈何！招安猶可，又且陷了二人。』吴用道：『哥哥再選兩個乖覺的人，多將金寶前去京師，探聽消息，就行鑽刺關節，斡運衷情，達知今上，令高太尉藏匿不得，此爲上計。』燕青便起身說道：『舊年鬧了東京，是小弟去李師師家入肩。不想這一場大鬧，他家已自猜了八分。祇有一件，他却是天子心愛的人，官家那裏疑他？他自必然奏說：梁山泊知得陛下在此私行，故來驚嚇。已是奏過了。如今小弟多把些金珠去那裏入肩。枕頭上關節最快，亦是容易。小弟可長可短，見機而作。』宋江道：『賢弟此去，須擔干系。』戴宗便道：『小弟幫他去走一遭。』神機軍師朱武道：『兄長昔日打華州時，嘗與宿太尉有恩。此人是個好心的人。若得本官于天子前早晚題奏，亦是順事。』

宋江想起：『九天玄女之言，「遇宿重重喜」，莫非正應着此人身上？』便請聞參謀來堂上同坐。宋江道：『相公曾認得太尉宿元景麼？』聞煥章道：『他是在下同窗朋友。如今和聖上寸步不離。此人極是仁慈寬厚，待人接物，一團和氣。』宋江道：『實不瞞相公說，我等疑高太尉回京，必然不奏招安一節。宿太尉舊日在華州降香，曾與宋江有一面之識。今要使人去他那裏打個關節，求他添力，早晚于天子處題奏，共成此事。』聞參謀答道：『將軍既然如此，在下當修尺書奉去。」宋江大喜，隨即教取紙筆來。一面焚起好香，取出玄女課，望空祈禱，卜得個上上大吉之兆。隨即置酒與戴宗、燕青送行。收拾金珠細軟之物兩大籠子，書信隨身藏了，仍帶了開封府印信公文。兩個扮作公人，辭了頭領下山。渡過金沙灘，望東京進發。

戴宗托着雨傘，背着個包裹，燕青把水火棍挑着籠子，拽扎起皂衫，腰系着纏袋，脚下都是腿綳護膝，八搭麻鞋。于路上離不得飢餐渴飲，夜住曉行。不則一日，來到東京，不由順路入城，却轉過萬壽門來。兩個到得城門邊，把門軍當住。燕青放下籠子，打着鄉談說道：「你做什麽當我？」軍漢道：「殿帥府有鈞旨：梁山泊諸色人等，恐有夾帶入城。因此着仰各門，但有外鄉客人出入，好生盤詰。」燕青笑道：「你便是了事的公人，將着自家人，衹管盤問。俺兩個從小在開封府勾當，這門下不知出入了幾萬遭，你顛倒衹管盤問，梁山泊人，眼睜睜的都放他過去了。」便向身邊取出假公文，劈臉丢將去道：「你看這是開封府公文不是？」那監門官聽得，喝道：「既是開封府公文，衹管問他怎地！放他入去。」燕青一把抓了公文，揣在懷裏，挑起籠子便走。戴宗也冷笑了一聲。兩個徑奔開封府前來，尋個客店安歇了。

次日，燕青换領布衫穿了，將搭膊系了腰，换頂頭巾歪帶着，衹妝做小閑模樣。籠內取了一帕子金珠，分付戴宗道：「哥哥，小弟今日去李師師家幹事。倘有些撅撒，哥哥自快回去。」分付戴宗了當，一直取路，徑投李師師家來。到的門前看時，依舊曲檻雕欄，緑窗朱户，比先時又修的好。燕青便揭起斑竹簾子，便從側首邊轉將入來。早聞的异香馥鬱。入到客位前，見周回吊挂名賢書畫，階檐下放着三二十盆怪石蒼松，坐榻盡是雕花香楠木小床，坐褥盡鋪錦綉。燕青微微地咳嗽一聲。丫鬟出來見了，便傳報李媽媽出來。看見是燕青，吃了一驚，便道：「你如何又來此間？」燕青道：「請出娘子來，小人自有話說。」李媽媽道：「你前番連累我家壞了房子，你有話便說。」燕青道：「須是娘子出來，方才說的。」

李師師在窗子後聽了多時，轉將出來。燕青看時，别是一般風韵。但見容貌似海棠滋曉露，腰肢如楊柳裊東風，渾如閬苑瓊姬，絶勝桂宫仙姊。有詩爲證：

芳容麗質更妖嬈，秋水精神瑞雪標。鳳眼半彎藏琥珀，朱唇一顆點櫻桃。
露來玉指纖纖軟，行處金蓮步步嬌。白玉生香花解語，千金良夜實難消。

當下李師師輕移蓮步，款蹙湘裙，走到客位裏面。燕青起身，把那帕子放在桌上，先拜了李媽媽四拜，後拜李行首兩拜。李師師謙讓道：「免禮。俺年紀幼小，難以受拜。」燕青拜罷，起身道：「前者驚恐，小人等安身無處。」李師師道：「你休瞞我！你當初說道是張閑，那兩個是山東客人，臨期鬧了一場。不是我巧言奏過官家，别的人時，却不滿門遭禍。他留下詞中兩句，道是：「六六雁行連八九，衹等金鷄消息。」我那時便自疑惑。正待要問，誰想鬧到。後又鬧了這場，不曾問的。今喜你來，且釋我心中之疑。你不要隱瞞，實對我說知。若不明言，决無干休。」燕青道：「小人實訴衷曲，花魁娘子休要吃驚。前番來的那個黑矮身材，爲頭坐的，正是呼保義宋江；第二位坐的，白俊面皮，三牙髭鬚，那個便是柴世宗嫡派子孫，小旋風柴進；這公人打扮，立在面前的，便是神行太保戴宗；門首和楊太尉厮打的，正是黑旋風李逵。小人是北京大名府人氏，人都唤小人做浪子燕青。當初俺哥哥來東京求見娘子，教小人詐作張閑，來宅上入肩。俺哥哥要見尊顏，非圖買笑迎歡，衹是久聞娘子遭際今上，以此親自特來告訴衷曲。指望將替天行道、保國安民之心，上達天聽，早得招安，免致生靈受苦。若蒙如此，則娘子是梁山泊數萬人之恩主也。如今被奸臣當道，讒佞專權，閉塞賢路，下情不能上達。因此上來尋這條門路，不想驚嚇娘子。今俺哥哥無可拜送，衹有些少微物在此，萬望笑留。」燕青便打開帕子，攤在桌上，都是金珠寶貝器皿。那虔婆愛的是財，一見便喜。忙叫奶子收拾過了，便請燕青，教進裏面小閣兒内坐地，安排好細食茶果，殷勤相待。原來李師師家，皇帝不時間來，因此上公子王孫，富豪子弟，誰敢來他家討茶吃。

且説當時鋪下盤饌酒肴果子，李師師親自相待。燕青道：『小人是個該死的人，如何敢對花魁娘子坐地？』李師師道：『休恁地説！你這一般義士，久聞大名。衹是奈緣中間無有好人與你們衆位作成，因此上屈沉水泊。』燕青道：『前番陳太尉來招安，詔書上并無撫恤的言語，更兼抵換了御酒。第二番領詔招安，正是詔上要緊字樣，故意讀破句讀：「除宋江，盧俊義等大小人衆所犯過惡，并與赦免。」因此上又不曾歸順。童樞密引將軍來，衹兩陣殺的片甲不歸。次後高太尉役天下民夫，造船征進，衹三陣，人馬折其大半。高太尉被俺哥哥活捉上山，不肯殺害，重重管待，送回京師，生擒人數，盡都放還。他在梁山泊説了大誓，如回到朝廷，奏過天子，便來招安。因此帶了梁山泊兩個人來，一個是秀才蕭讓，一個是能唱樂和，眼見的把這二人藏在家裏，不肯令他出來。損兵折將，必然瞞着天子。』李師師道：『他這等破耗錢糧，損折兵將，如何敢奏！這話我盡知了。且飲數杯，別作商議。』燕青道：『小人天性不能飲酒。』李師師道：『路遠風霜，到此開懷，也飲幾杯，再作計較。』燕青被央不過，一杯兩盞，衹得陪侍。

原來這李師師是個風塵妓女，水性的人，見了燕青這表人物，能言快説，口舌利便，倒有心看上他。酒席之間，用些話來嘲惹他。數杯酒後，一言半語，便來撩撥。燕青是個百伶百俐的人，如何不省得。他却是好漢胸襟，怕誤了哥哥大事，那裏敢來承惹？李師師道：『久聞的哥哥諸般樂藝，酒邊閑聽，願聞也好。』燕青答道：『小人頗學的些本事，怎敢在娘子跟前賣弄過？』李師師道：『我便先吹一曲，教哥哥聽。』便喚丫鬟取簫來。錦袋内掣出那管鳳簫，李師師接來，口中輕輕吹動。端的是穿雲裂石之聲。燕青聽了，喝采不已。

李師師吹了一曲，遞過簫來。與燕青道：『哥哥也吹一曲與我聽則個。』燕青却要那婆娘歡喜，衹得把出本事來，接過簫，便嗚嗚咽咽也吹一曲。李師師聽了，不住聲喝采，説道：『哥哥原來恁地吹的好簫！』李師師取過阮來，撥個小小的曲兒，教燕青聽。果然是玉佩齊鳴，黄鶯對囀，餘韻悠揚。燕青拜謝道：『小人也唱個曲兒伏侍娘子。』頓開喉咽便唱。端的是聲清韻美，字正腔真。唱罷，又拜。李師師執盞擎杯，親與燕青回酒，謝唱曲兒。口兒裏悠悠放出些妖嬈聲嗽，來惹燕青。燕青緊緊的低了頭，唯諾而已。

數杯之後，李師師笑道：『聞知哥哥好身文綉，願求一觀如何？』燕青笑道：『小人賤體雖有些花綉，怎敢在娘子跟前揎衣裸體！』李師師説道：『錦體社家子弟，那裏去問揎衣裸體。』三回五次，定要討看。燕青衹得脱膊下來。李師師看了，十分大喜。把尖尖玉手，便摸他身上。燕青慌忙穿了衣裳。李師師再與燕青把盞，又把言語來調他。燕青恐怕他動手動脚，難以回避，心生一計，便動問道：『娘子今年貴庚多少？』李師師答道：『師師今年二十有七。』燕青説道：『小人今年二十有五，却小兩年。娘子既然錯愛，願拜爲姐姐。』燕青便起身，推金山，倒玉柱，拜了八拜。那八拜，是拜住那婦人一點邪心，中間裏好幹大事。若是第二個在酒色之中的，也壞了大事。因此上單顯燕青心如鐵石，端的是好男子！當時燕青又請李媽媽來，也拜了，拜做乾娘。燕青辭回，李師師道：『小哥衹在我家下，休去店中歇。』燕青道：『既蒙錯愛，小人回店中取了些東西便來。』李師師道：『休教我這裏專望。』燕青道：『店中離此間不遠，少頃便到。』

燕青暫別了李師師，徑到客店中，把上件事和戴宗説了。戴宗道：『如此最好。衹恐兄弟心猿意馬，拴縛不定。』燕青道：『大丈夫處世，若爲酒色而忘其本，此與禽獸何异！燕青但有此心，死于萬劍之下。』戴宗笑道：『你我都是好漢，何必説誓。』燕青道：『如何不説誓！兄長必然生疑。』戴宗道：『你當速去，善覷方便，早幹了事便回，休教我久等。宿太尉的書，也等你來下。』燕青收拾一包零碎金珠細軟之物，再回李師師家。將一半送與李媽，將一半散與全家大小，無一個不歡喜。便向客位側邊，收拾一間房，教燕青安歇。合家大小，都叫叔叔。

也是緣法凑巧。至夜，却好有人來報：『天子今晚到來。』燕青聽的，便去拜告李師師道：『姐姐做個方便，今夜教小弟得見聖顔，告得紙御筆赦書，赦了小弟罪犯，出自姐姐之德。』李師師道：『今晚教你見天子一面。你却把些本事動達天顏，赦書何愁没有。』

看看天晚，月色朦朧，花香馥鬱，蘭麝芬芳。衹見道君皇帝引着一個小黄門，扮作白衣秀士，從地道中徑到李師師家後門來。到的閣子裏坐下，便教前後關閉了門户，明晃晃點起燈燭熒煌。李師師冠梳插帶，整肅衣裳，前來接駕。拜舞起居寒温已了，天子命：『去其整妝衣服，相待寡人。』李師師承旨，去其服色，迎駕入房。家間已準備下諸般細果，异品肴饌，擺在面前。李師師舉杯上勸天子。天子大喜，叫：『愛卿近前，一處坐地。』李師師見天子龍顏大喜，向前奏道：『賤人有個姑舅兄弟，從小流落外方，今日才歸。要見聖上，未敢擅便。乞取我王聖鑒。』天子道：『既然是你兄弟，便宣將來見寡人，有何妨。』奶子遂唤燕青直到房内，面見天子。燕青納頭便拜。官家看了燕青一表人物，先自大喜。李師師叫燕青吹簫，伏侍聖上飲酒。少頃，又撥一回阮，然後叫燕青唱曲。燕青再拜奏道：『所記無非是淫詞艷曲，如何敢伏侍聖上！』官家道：『寡人私行妓館，其意正要聽艷曲消悶。卿當勿疑。』燕青借過象板，再拜罷聖上，對李師師道：『音韵差錯，望姐姐見教。』燕青頓開喉咽，手擎象板，唱《漁家傲》一曲。道是：

『一别家鄉音信杳，百種相思，腸斷何時了！燕子不來花又老，一春瘦的腰兒小。薄幸郎君何日到？想是當初莫要相逢好！着我好夢欲成還又覺，緑窗但覺鶯聲曉。』

燕青唱罷，真乃是新鶯乍囀，清韵悠揚。天子甚喜，命教再唱。燕青拜倒在地，奏道：『臣有一隻《減字木蘭花》，上達聖聽。』天子道：『好，寡人願聞。』燕青拜罷，遂唱《減字木蘭花》一曲。道是：

『聽哀告，聽哀告，賤軀流落誰知道，誰知道！極天罔地，罪惡難分顛倒！有人提出火坑中，肝膽常存忠孝，常存忠孝！有朝須把大恩人報。』

燕青唱罷，天子失驚。便問：『卿何故有此曲？』燕青大哭，拜在地下。天子轉疑，便道：『卿且訴胸中之事，寡人與卿理會。』燕青奏道：『臣有迷天之罪，不敢上奏。』天子曰：『赦卿無罪，但奏不妨。』燕青奏道：『臣自幼飄泊江湖，流落山東，跟隨客商，路經梁山泊過，致被劫擄上山，一住三年。今日方得脱身逃命，走回京師。雖然見的姐姐，則是不敢上街行走。倘或有人認得，通與做公的，此時如何分説？』李師師便奏道：『我兄弟心中衹有此苦，望陛下做主則個！』天子笑道：『此事至容易！你是李行首兄弟，誰敢拿你！』燕青以目送情與李師師。李師師撒嬌撒痴，奏天子道：『我衹要陛下親書一道赦書，赦免我兄弟，他才放心。』天子云：『又無御寶在此，如何寫的？』李師師又奏道：『陛下親書御筆，便强似玉寶天符，救濟兄弟做的護身符時，也是賤人遭際聖時。』天子被逼不過，衹得命取紙筆。奶子隨即捧過文房四寶。燕青磨得墨濃，李師師遞過紫毫象管。天子拂開花箋黄紙，横内大書一行。臨寫，又問燕青道：『寡人忘卿姓氏。』燕青道：『男女唤做燕青。』天子便寫御書道：『神霄玉府真主宣和羽士虚静道君皇帝，特赦燕青本身一應無罪，諸司不許拿問。』下面押個御書花字。燕青再拜，叩頭受命。李師師執盞擎杯謝恩。

天子便問：『汝在梁山泊，必知那裏備細。』燕青奏道：『宋江這伙，旗上大書「替天行道」，堂設「忠義」爲名，不敢侵占州府，不肯擾害良民，單殺貪官污吏，讒佞之人。衹是早望招安，願與國家出力。』天子乃曰：『寡人前者兩番降詔，遣人招安，如何抗拒，不伏歸降？』燕青奏道：『頭一番招安詔書上，并無撫恤招諭之言，更兼抵换了御酒，盡是村醪，以此變了事情。第二番招安，故把詔書讀破句讀，要除宋江，暗藏弊幸，因此又變了事情。童樞密引軍到來，衹兩陣殺得片甲不回。高太尉提督軍馬，又役天下民夫，修造戰船征進，不曾得梁山泊一根折箭，衹三陣，殺得手脚無措，軍馬折其二停，自己亦被活捉上山，許了招安，方才放回，又帶了山上二人在此，却留下聞參謀在彼質當。』天子聽罷，便嘆道：『寡人怎知此事！童貫回京時奏説：軍士不伏暑熱，暫且收兵罷戰。高俅回軍奏道：病患不能征進，權且罷戰回京。』李師師奏説：『陛下雖然聖明，身居九重，却被奸臣閉塞賢路，如之奈何？」天子嗟嘆不已。約有更深，燕青拿了赦書，叩頭安置，自去歇息。天子與李師師上床同寢，當夜五更，自有內侍黃門接將去了。

燕青起來，推道清早幹事，徑來客店裏，把說過的話，對戴宗一一說知。戴宗道：「既然如此，多是幸事。我兩個去下宿太尉的書。」燕青道：「飯罷便去。」兩個吃了些早飯，打挾了一籠子金珠細軟之物，拿了書信，徑投宿太尉府中來。街坊上借問人時，說：「太尉在內裏未歸。」燕青道：「這早晚正是退朝時分，如何未歸？」街坊人道：「宿太尉是今上心愛的近侍官員，早晚與天子寸步不離。歸早歸晚，難以指定。」正說之間，有人報道：「這不是太尉來也？」燕青大喜，便對戴宗道：「哥哥，你衹在此衙門前伺候，我自去見太尉去。」燕青近前，看見一簇錦衣花帽從人，捧着轎子。燕青就當街跪下，便道：「小人有書札上呈太尉。」宿太尉見了，叫道：「跟將進來。」燕青隨到廳前。太尉下了轎子，便投側首書院裏坐下。太尉叫燕青入來，便問道：「你是那裏來的幹人？」燕青道：「小人從山東來，今有聞參謀書札上呈。」太尉道：「那個聞參謀？」燕青便向懷中取出書呈遞上去。宿太尉看了封皮，說道：「我道是那個聞參謀，原來是我幼年間同窗的聞煥章。」遂拆開書來看時，寫道：

「侍生聞煥章沐手百拜奉書太尉恩相鈞座前：賤子自髫年時出入門墻，已三十載矣。昨蒙高殿帥喚至軍前，參謀大事。奈緣勸諫不從，忠言不聽，三番敗績，言之甚羞。高太尉與賤子一同被擄，陷于縲紲。義士宋公明，寬裕仁慈，不忍加害。則今高殿帥帶領梁山蕭讓、樂和赴京，欲請招安，留賤子在此質當。萬望恩相不惜齒牙，早晚于天子前題奏，早降招安之典，俾令義士宋公明等早得釋罪獲恩，建功立業。非特國家之幸甚，實天下之幸甚也！立功名于萬古，見義勇于千年。救取賤子，實領再生之賜。拂楮拳拳，幸垂昭察，不勝感激之至！

宣和四年春正月日，聞煥章再拜奉上。」

宿太尉看了書大驚，便問道：「你是誰？」燕青答道：「男女是梁山泊浪子燕青。」隨即出來取了籠子，徑

到書院裏。燕青稟道：『太尉在華州降香時，多曾伏侍太尉來。恩相緣何忘了？宋江哥哥有些微物相送，聊表我哥哥寸心。每日占卜，課内衹着求太尉提拔救濟。宋江等滿眼衹望太尉來招安。若得恩相早晚于天子前題奏此事，則梁山泊十萬人之衆，皆感大恩！哥哥責着限次，男女便回。』燕青拜辭了，便出府來。宿太尉使人收了金珠寳物，已有在心。

且説燕青便和戴宗回店中商議：『這兩件事都有些次第。衹是蕭讓、樂和在高太尉府中，怎生得出？』戴宗道：『我和你依舊扮作公人，去高太尉府前伺候。等他府裏有人出來，把些金銀賄賂與他，賺得一個厮見。通了消息，便有商量。』當時兩個換了結束，帶將金銀，徑投太平橋來。在衙門前窺望了一回，衹見府裏一個年紀小的虞候，摇擺將出來。燕青便向前與他施禮。那虞候道：『你是甚人？』燕青道：『請幹辦到茶肆中説話。』兩個到閣子内，與戴宗相見了，同坐吃茶。燕青道：『實不瞞幹辦説，前者太尉從梁山泊帶來那兩個人，一個跟的叫做樂和，與我這哥哥是親眷，欲要見他一見。因此上相央幹辦。』虞候道：『你兩個且休説！節堂深處的勾當，誰理會的！』戴宗便向袖内取出一錠大銀，放在桌子上，對虞候道：『足下衹引的樂和出來相見一面，不要出衙門，便送這錠銀子與足下。』那人見了財物，一時利動人心，便道：『端的有這兩個人在裏面。太尉鈞旨，衹教養在後花園裏宿歇。我與你唤他出來，説了話，你休失信，把銀子與我。』戴宗道：『這個自然。』那人便起身分付道：『你兩個衹在此茶坊裏等我。』那人急急入府去了。

戴宗、燕青兩個在茶坊中等不到半個時辰，衹見那小虞候慌慌出來説道：『先把銀子來。樂和已叫出在耳房裏了。』戴宗與燕青附耳低言：『如此，如此。』就把銀子與他。虞候得了銀子，便引燕青耳房裏來見樂和。那虞候道：『你兩個快説了話便去。』燕青便與樂和道：『我同戴宗在這裏，定計賺你兩個出去。』樂和道：『直把我們兩個養在後花園中，墻垣又高，無計可出。折花梯子盡都藏過了，如何能夠出來？』燕青道：『靠墻有樹麽？』樂和道：『傍墻一邊，都是大柳樹。』燕青道：『今夜晚間，衹聽咳嗽爲號，我在外面，漾過兩條索去。你就相近的柳樹上，把索子絞縛了。我兩個在墻外各把一條索子扯住，你兩個就從索上盤將出來。四更爲期，不可失誤。』那虞候便道：『你兩個衹管説甚的，快去罷。』樂和自入去了，暗暗通報了蕭讓。燕青急急去與戴宗説知。當日，至夜伺候。

且説燕青、戴宗兩個，就街上買了兩條粗索，藏在身邊。先去高太尉府後看了落脚處。原來離府後是條河，河邊却有兩隻空船纜着，離岸不遠。兩個便就空船裏伏了。看看聽的更鼓已打四更，兩個便上岸來，繞着墻後咳嗽。衹聽的墻裏應聲咳嗽。兩邊都已會意。燕青便把索來漾將過去。約莫裏面拴系牢了，兩個在外面對絞定，緊緊地拽住索頭。衹見樂和先盤出來，隨後便是蕭讓。兩個都溜將下來，却把索子丢入墻内去了。四人再來空船内，伏到天色將曉，却去敲開客店門。房中取了行李，就店中打火，做了早飯吃，算了房宿錢。四個來到城門邊，等門開時，一涌出來，望梁山泊回報消息。不是這四個回來，有分教：宿太尉單奏此事，宋公明全受招安。

畢竟宿太尉怎生奏請聖旨前去招安，且聽下回分解。

第八十二回　梁山泊分金大買市　宋公明全伙受招安

話説燕青在李師師家遇見道君皇帝，告得一道本身赦書。次後見了宿太尉。又和戴宗定計，高太尉府中賺出蕭讓、樂和。四個人等城門開時，隨即出城。徑趕回梁山泊來，報知上項事務。且説李師師當夜不見燕青來家，心中亦有些疑慮。却説高太尉府中親隨人，次日供送茶飯與蕭讓、樂和，就房中不見了二人，慌忙報知都管。都管便來花園中看時，衹見柳樹邊拴着兩條粗索，因此已知走了二人，衹得報知太尉。高俅聽罷，吃了一驚，越添憂悶，衹在府中，推病不出。

次日五更，道君皇帝設朝，受百官朝賀。駕坐文德殿，道：『今日文武班齊麽？』殿頭官奏道：『是日左文右武，都會集在殿下，俱各班齊。』天子宣命卷簾，旨令左右近臣宣樞密使童貫出班，問道：『你去歲統十萬大軍，親爲招討，征進梁山泊，勝敗如何？』童貫跪下，便奏道：『臣舊歲統率大軍前去征進，非不效犬馬力，奈緣暑熱，軍士不伏水土，患病者衆，十死二三。臣見軍馬委頓，以此權且收兵振旅，各歸本營操練。所有御林軍，于路傷病者，計損太半。後蒙降詔，賊人假氣游魂，未伏招撫。及高俅以戈船進征，亦中途抱病而返。』天子大怒，喝道：『汝這不才奸佞之臣！政不奏聞寡人，以致壞了國家大事。你去歲統兵征伐梁山泊，如何衹兩陣，被寇兵殺的人馬辟易，片甲衹騎無還，遂令王師敗績。次後高俅那厮，廢了州郡多少錢糧，陷害了許多兵船，折了若干軍馬，自又被寇活捉上山。宋江等不忍誅之，以禮放還。大辱君命，豈不爲天下耻笑！寡人聞宋江等，不侵州府，不掠良民，衹待招安，與國家出力。都是汝等嫉賢妒能之臣，壅蔽不使下情上達，何异城狐社鼠也！汝掌管樞密，豈不自慚！本欲拿問以謝天下，姑且待後。』喝退一壁。童貫默默無言，退在一邊。天子命宣翰林學士：『與寡人親修丹詔，便差大臣前去，招撫梁山泊宋江等歸還。』天子聖宣未了，有殿前太尉宿元景出班跪下，奏道：『臣雖不才，願往一遭。』天子大喜，『寡人御筆親書丹詔！』便叫抬上御案，拂開詔紙，天子就御案上親書丹詔。左右近臣，捧過

御寶，天子自行用訖。又命庫藏官，教取金牌三十六面，銀牌七十二面，紅錦三十六匹，緑錦七十二匹，黄封御酒一百八瓶，盡付與宿太尉。又贈正從表裏二十四，金字招安御旗一面，限次日便行。宿太尉就文德殿辭了天子。百官朝罷，童樞密羞顔回府，推病不敢入朝。高太尉聞知，恐懼無措，亦不敢入朝。正是：鳳凰丹禁裏，銜出紫泥書。有詩爲證：

一封恩詔出明光，共喜懷柔邁漢唐。珍重侍臣宣帝澤，會看水滸盡來王。

且説宿太尉打擔了御酒、金銀牌面、緞匹表裏之物，上馬出城。打起御賜金字黄旗，衆官相送出南熏門，投濟州進發，不在話下。却説燕青、戴宗、蕭讓、樂和四個，連夜到山寨，把上件事都説與宋公明并頭領知道。燕青便取出道君皇帝御筆親寫赦書，與宋江等衆人看了。吴用道：『此回必有佳音。』宋江焚起好香，取出九天玄女課來，望空祈禱祝告了，卜得個上上大吉之兆。宋江大喜，『此事必成！』再煩戴宗、燕青，前去探聽虚實，作急回報，好做準備。戴宗、燕青去了數日，回來報説：『朝廷差宿太尉親賫丹詔，更有御酒、金銀牌面、紅緑錦緞表裏，前來招安，早晚到也。』宋江聽罷大喜。在忠義堂上，忙傳將令，分撥人員，從梁山泊直抵濟州地面，扎縛起二十四座山棚，上面都是結彩懸花，下面陳設笙簫鼓樂。各處附近州郡，雇倩樂人，分撥于各山棚去處，迎接詔敕。每一座山棚上，撥一個小頭目監管。一壁教人分投買辦果品海味，按酒乾食等項，準備筵宴茶飯席面。

且説宿太尉奉敕來梁山泊招安，一干人馬，迤邐都到濟州。太守張叔夜出郭，迎接入城，館驛中安下。太守起居宿太尉已畢，把過接風酒，張叔夜禀道：『朝廷頒詔敕來招安，已是二次。蓋因不得其人，誤了國家大事。今者太尉此行，必與國家立大功也。』宿太尉乃言：『天子近聞梁山泊一伙，以義爲主，不侵州郡，不害良民，專一替天行道。今差下官賫到天子御筆親書丹詔，敕賜金牌三十六面，銀牌七十二面，紅錦三十六匹，緑錦七十二匹，黄封御酒一百八瓶，表裏二十四匹，來此招安。禮物輕否？』張叔夜道：『這一般人，非在禮物輕重，要圖忠義報國，

揚名後代。若得太尉早來如此，也不教國家損兵折將，虛耗了錢糧。此一伙義士歸降之後，必與朝廷建功立業。」宿太尉道：「下官在此專待，有煩太守親往山寨報知，着令準備迎接。」張叔夜答道：「小官願往。」隨即上馬出城，帶了十數個從人，徑投梁山泊來。到的山下，早有小頭目接着，報上寨裏來。宋江聽罷，慌忙下山迎接。張太守上山，到忠義堂上。相見罷，張叔夜道：「義士恭喜！朝廷特遣殿前宿太尉，賫擎丹詔，御筆親書，前來招安，敕賜金牌表裏御酒緞匹，見在濟州城內。義士可以準備迎接詔旨。」宋江大喜，以手加額道：「實江等再生之幸！」當時留請張太守茶飯。張叔夜道：「非是下官拒意，惟恐太尉見怪回遲。」宋江道：「略奉一杯，非敢爲禮。」托出一盤金銀相送。張太守見了，便道：「叔夜更不敢受！」宋江道：「些少微物，何故推却？未足以爲報謝，聊表寸心。若事畢之後，則當重酬。」張叔夜道：「深感義士厚意。且留于大寨，却來請領，未爲晚矣。」太守可謂廉以律己者也。有詩爲證：

風流太守來傳信，便把黄金作餞行。
捧獻再三原不受，一廉水月更分明。

宋江便差大小軍師吳用、朱武并蕭讓、樂和四個，跟隨張太守下山，直往濟州來，參見宿太尉。約至後日，衆多大小頭目離寨三十里外，伏道相迎。當時吳用等跟隨太守張叔夜，連夜下山，直到濟州。次日來館驛中參見宿太尉。拜罷，跪在面前。宿太尉教平身起來，俱各命坐。四個謙讓，那裏敢坐。太尉問其姓氏。吳用答道：「小生吳用，在下朱武、蕭讓、樂和，奉兄長宋公明命，特來迎接恩相。兄長與弟兄，後日離寨三十里外，伏道相迎。」宿太尉大喜，便道：「加亮先生，間别久矣！自從華州一别之後，已經數載。誰想今日得與重會！下官知汝弟兄之心，素懷忠義。衹被奸臣閉塞，讒佞專權，使汝衆人下情不能上達。目今天子悉已知之，特命下官賫到天子御筆親書丹詔，金銀牌面，紅綠錦緞，御酒表裏，前來招安。汝等勿疑，盡心受領。」吳用等再拜稱謝道：「山野狂夫，有勞恩相

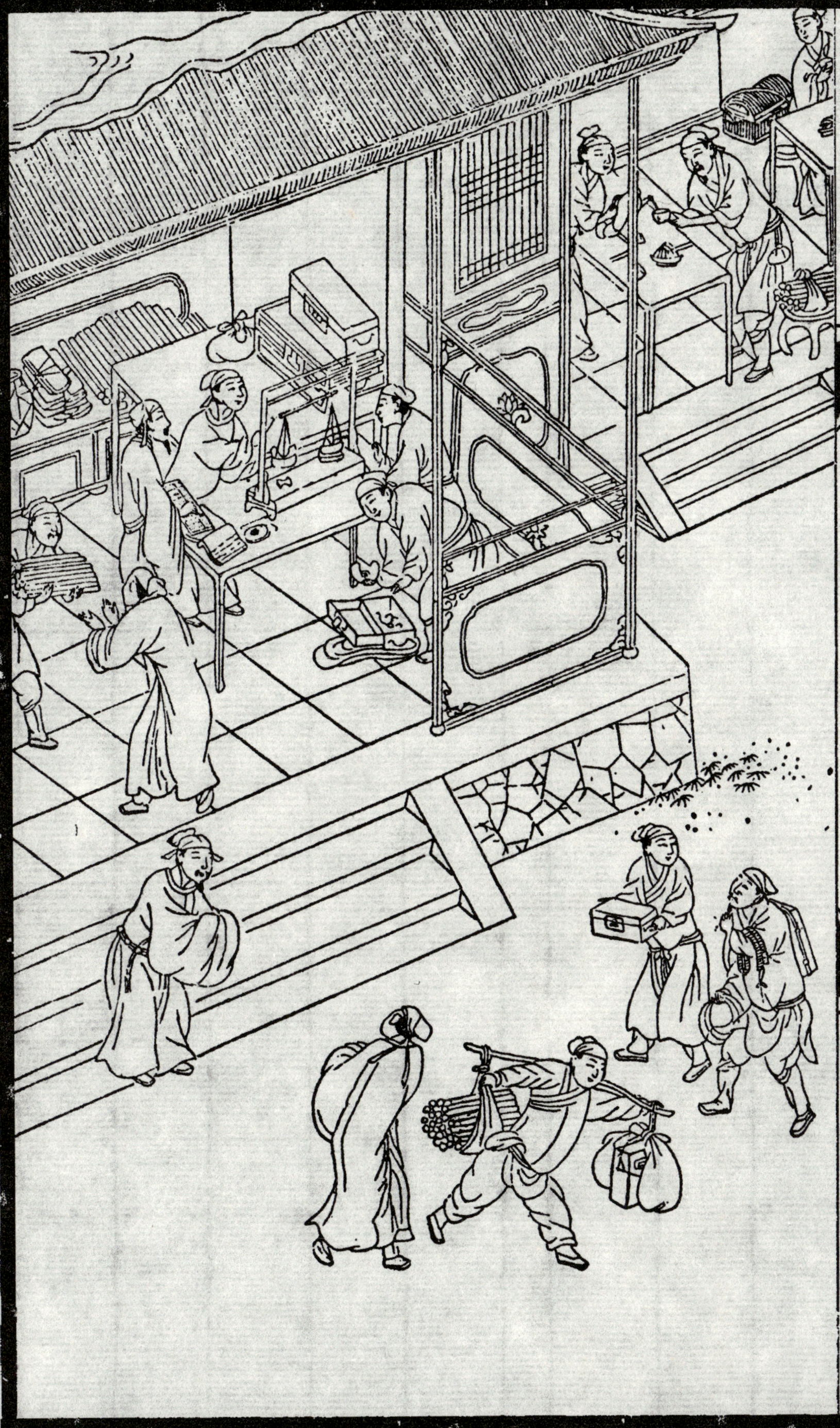

降臨，感蒙天恩，皆出乎太尉之賜也。衆弟兄刻骨銘心，難以補報。』張叔夜一面設宴管待。

到第三日清晨，濟州裝起香車三座，將御酒另一處龍鳳盒內抬着。金銀牌面、紅緑錦緞，另一處扛抬。御書丹詔，龍亭内安放。宿太尉上了馬，靠龍亭東行。太守張叔夜，騎馬在後相陪。吴用等四人，乘馬跟着。大小人伴，一齊簇擁。前面馬上打着御賜銷金黄旗，金鼓旗幡，隊伍開路。出了濟州，迤邐前行。未及十里，早迎着山棚。宿太尉在馬上看了，見上面結彩懸花，下面笙簫鼓樂，迫道迎接。再行不過數十里，又是結彩山棚。前面望見香烟拂道，宋江、盧俊義跪在面前，背後衆頭領齊齊都跪在地下，迎接恩詔。宿太尉道：『都教上馬。』一同迎至水邊。那梁山泊千百隻戰船，一齊渡將過去，直至金沙灘上岸。三關之上，三關之下，鼓樂喧天。軍士導從，儀衛不斷，异香繚繞。直至忠義堂前下馬。香車龍亭，抬放忠義堂上。中間設着三個几案，都用黄羅龍鳳桌圍圍着。正中設萬歲龍牌，將御書丹詔放在中間，金銀牌面放在左邊，紅緑錦緞放在右邊，御酒表裏亦放于前。金爐内焚着好香。宋江、盧俊義邀請宿太尉、張太守上堂設坐。左邊立着蕭讓、樂和，右邊立着裴宣、燕青。盧俊義等都跪在堂前。裴宣喝拜。拜罷，蕭讓開讀詔文：

『制曰：朕自即位以來，用仁義以治天下，行禮樂以變海内，公賞罰以定幹戈。求賢之心未嘗少怠，愛民之心未嘗少洽。博施濟衆，欲與天地均同，體道行仁，咸使黎民蒙庇。遐邇赤子，感知朕心。切念宋江、盧俊義等，素懷忠義，不施暴虐。歸順之心已久，報效之志凛然。雖犯罪惡，各有所由。察其情懇，深可憫憐。朕今特差殿前太尉宿元景，賫捧詔書，親到梁山水泊，將宋江等大小人員所犯罪惡盡行赦免。給降金牌三十六面，紅錦三十六匹，賜與宋江等上頭領；銀牌七十二面，緑錦七十二匹，賜與宋江部下頭目。赦書到日，莫負朕心，早早歸降，必當重用。故兹詔敕，想宜悉知。

宣和四年春二月　日詔示。』

蕭讓讀罷丹詔，宋江等山呼萬歲，再拜謝恩已畢。宿太尉取過金銀牌面，紅緑錦緞，令裴宣依次照名，給散已罷，叫開御酒，取過銀酒海，都傾在裏面。隨即取過旋杓舀酒，就堂前温熱，傾在銀壺内。宿太尉執着金鍾，斟過一杯酒來，對衆頭領道：『宿元景雖奉君命，特賫御酒到此，命賜衆頭領，誠恐義士見疑。元景先飲此杯，與衆義士看，勿得疑慮。』衆頭領稱謝不已。宿太尉飲畢，再斟酒來，先勸宋江。宋江舉杯跪飲。然後盧俊義、吴用、公孫勝陸續飲酒。遍勸一百單八名頭領，俱飲一杯。宋江傳令，教收起御酒，却請太尉居中而坐。衆頭領拜復起居。宋江進前稱謝道：『宋江昨者西岳得識臺顔，多感太尉恩厚，于天子左右力奏，救拔宋江等再見天日之光。銘心刻骨，不敢有忘。』宿太尉道：『元景雖知義士等忠義凛然，替天行道，奈緣不知就裏委曲之事，因此天子左右，未敢題奏，以致耽誤了許多時。前者收得聞參謀書，又蒙厚禮，方知有此衷情。其日天子在披香殿上，官家與元景閑論，問起義士，以此元景奏知此事。不期天子已知備細，與某所奏相同。次日，天子駕坐文德殿，就百官之前，痛責童樞密，深怪高太尉累次無功，親命取過文房四寶，天子御筆親書丹詔，特差宿某親到大寨，啓請衆頭領。煩望義士早早收拾朝京，休負聖天子宣召撫安之意。』衆皆大喜，拜手稱謝。宋江邀請聞參謀相見。宿太尉欣然交集，滿堂歡喜。當請宿太尉居中上坐，張太守、聞參謀對席相陪。堂上堂下，皆列位次，大設筵宴，輪番把盞。廳前大吹大擂。雖無炮龍烹鳳，端的是肉山酒海。當日盡皆大醉，各扶歸幕次裏安歇。次日，又排筵宴，彼各叙舊論新，講説平生之懷。第三日，再排席面，請宿太尉游山，至暮盡醉方散。各歸安歇。倏爾已經數日，宿太尉要回，宋江等堅意相留。宿太尉道：『義士不知就裏。元景奉天子敕旨而來，到此間數日之久。荷蒙英雄慨然歸順，大義俱全。若不急回，誠恐奸臣相妒，别生异議。』宋江等道：『據某愚意，相留恩相游玩數日。太尉既然有此之念，不敢苦留。今日盡此一醉，來早拜送恩相下山。』當時會集大小頭領，盡來集義飲宴。吃酒中間，衆皆稱謝。宿太尉又用好言撫恤，至晚方散。

次日清晨，安排車馬。宋江親捧一盤金珠，到宿太尉幕次內，再拜上獻。宿太尉那裏肯受。宋江再三獻納，方才收了，打挾在衣箱內。拴束行李鞍馬，準備起程。其餘跟來人數，連日自是朱武、樂和管待，依例飲饌，酒量高低，并皆厚贈金銀財帛。衆人皆喜。仍將金寶賚送聞參謀、張太守，二公亦不肯受。宋江堅執奉承，才肯收納。宋江遂令聞參謀跟同宿太尉回京師。梁山泊大小頭領，俱金鼓細樂，相送太尉下山。渡過金沙灘，俱送過三十里外，衆皆下馬，與宿太尉把盞餞行相別。

宋江當先，執盞擎杯道：『太尉恩相回見天顏，善言保奏。』宿太尉回道：『義士但且放心，衹早早收拾朝京爲上。軍馬若到京師來，可先使人到我府中通報。俺先奏聞天子，使人持節來迎，方見十分公氣。』宋江道：『恩相容覆：小可水窪，自從王倫上山開創之後，却是晁蓋上山。今至宋江已經數載，附近居民，擾害不淺。小可愚意，今欲罄竭資財，買市十日，收拾已了，便當盡數朝京，安敢遲滯。亦望太尉煩請將此愚衷，上達聖聽，以寬限次。』宿太尉應允。別了衆人，帶了開詔一干人馬，自投濟州而去。

宋江等却回大寨。到忠義堂上鳴鼓聚衆。大小頭領坐下，諸多軍校都到堂前。宋江傳令：『衆弟兄在此！自從王倫創立山寨以來，次後晁天王上山建業，如此興旺。我自江州得衆兄弟相救到此，推我爲尊，已經數載。今日喜得朝廷招安，重見天日之面。早晚要去朝京，與國家出力，圖個蔭子封妻，共享太平之福。今來汝等衆人，但得府庫之物，納于庫中公用。其餘所得之資，并從均分。以義逢義，以仁達仁，并無爭執。我一百八人，上應天星，生死一處。今者天子寬恩降詔，赦罪招安，大小衆人，盡皆釋其所犯。我等一百八人，早晚朝京面聖，莫負天子洪恩。汝等軍校，也有自來落草的，也有隨衆上山的，亦有軍官失陷的，亦有擄掠來的。今次我等受了招安，俱赴朝廷。你等如願去的，作速上名進發。如不願去的，就這裏報名相辭，我自賚發你等下山，任從生理。』

宋江號令已罷，着落裴宣、蕭讓，照數上名。號令一下，三軍各各自去商議。當下辭去的也有三五千人。宋江皆賞錢物賚發去了。願隨去充軍者，作速報官。次日宋江又令蕭讓寫了告示，差人四散去貼，曉示臨近州郡鄉鎮村坊，各各報知。仍請諸人到山，買市十日。其告示曰：

『梁山泊義士宋江等，謹以大義，布告四方：昨因哨聚山林，多擾四方百姓，今日幸蒙天子寬仁厚德，特降詔敕，赦免本罪，招安歸降，朝暮朝覲。無以酬謝，就本身買市十日。倘蒙不外，賚價前來，以一報答，并無虛謬。特此告知遠近居民，勿疑辭避，惠然光臨，不勝萬幸。

宣和四年三月　日，梁山泊義士宋江等謹請。』

蕭讓寫畢告示，差人去附近州郡及四散村坊，盡行貼遍。發庫內金珠、寶貝、彩緞、綾羅、紗絹等項，分散各頭領并軍校人員。另選一分，爲上國進奉。其餘堆集山寨，盡行招人買市十日。于三月初三日爲始，至十三日終止。宰下牛羊，醞造酒醴。但到山寨裏買市的人，盡以酒食管待，犒勞從人。至期，四方居民，擔囊負笈，霧集雲屯，俱至山寨。宋江傳令，以一舉十。俱各歡喜，拜謝下山。一連十日，每日如此。十日已外，住罷買市，號令大小，收拾赴京朝覲。宋江便要起送各家老小還鄉。吳用諫道：『兄長未可，且留衆寶眷在此山寨。待我等朝覲面君之後，承恩已定，那時發遣各家老小還鄉未遲。』宋江聽罷道：『軍師言之極當。』再傳將令，教頭領即便收拾，整頓軍士。宋江等隨即火速起身。早到濟州，謝了太守張叔夜。太守即設筵宴，管待衆多義士，賞勞三軍人馬。宋江等辭了張太守，出城進發，帶領衆多軍馬，大小約有五七百人，徑投東京來。先令戴宗、燕青前來京師宿太尉府中報知。太尉見說，隨即便入內裏奏知天子：『宋江等衆軍馬朝京。』天子聞奏大喜，便差太尉并御駕指揮使一員，手持旌旄節鉞，出城迎接宋江。當下宿太尉領聖旨出郭。

且說宋江軍馬在路，甚是擺的整齊。前面打着兩面紅旗，一面上書『順天』二字，一面上書『護國』二字。衆頭領都是戎裝披挂。惟有吳學究綸巾羽扇，公孫勝鶴氅道袍，魯智深烈火僧衣，武行者香皂直裰。其餘都是戰袍金鎧，本身服色。在路非止一日。前到京師城外，前逢御駕指揮使持節迎着軍馬。宋江聞知，領衆頭領前來參見宿太尉已畢，且把軍馬屯駐新曹門外，下了寨柵，聽候聖旨。

且説宿太尉并御駕指揮使入城，至朝前面奏天子，説：『宋江等軍馬屯住新曹門外，聽候我王聖旨。』天子乃曰：『寡人久聞梁山泊宋江等，有一百八人，上應天星，更兼英雄勇猛，人不可及。今已歸降，作爲良臣，到于京師。寡人來日引百官登宣德樓。可教宋江等衆，俱以臨敵披挂，本身戎裝服色，休帶大隊人馬，祇將三五百步軍馬軍進城。自東過西，寡人親要觀看。也教在城黎庶軍民官僚知此英雄豪杰，爲國良臣。然後却令卸其衣甲，除去軍器，都穿所賜錦袍，從東華門而入，就文德殿朝見。』御駕指揮使領聖旨，直至行營寨前，口傳聖旨與宋江等説知。次日，宋江傳令教鐵面孔目裴宣，選揀彪形大漢五七百人，步軍前面打着金鼓旗幡，後面擺着槍刀斧鉞，中間竪着『順天』、『護國』二面紅旗。軍士各懸刀劍弓矢，衆人各各都穿本身披挂，戎裝袍甲，擺成隊伍，從東郭門而入。祇見東京百姓軍民，扶老挈幼，迫路觀看，如睹天神。是時天子引百官在宣德樓上臨軒觀看。見前面擺列金鼓旗幡，槍刀斧鉞，盡都擺列。隊伍中有踏白馬軍，打起『順天』、『護國』二面紅旗，外有二三十騎馬上隨軍鼓樂。後面衆多好漢，簇簇而行。怎見得一百八員英雄好漢入城朝覲？但見：

和風開御道，細雨潤香塵。東方曉日初升，北闕珠簾半卷。南熏門外，一百八員義士朝京；宣德樓中，萬萬歲君王刮目。解珍、解寶，仗鋼叉相對而行；孔明、孔亮，執兵器齊肩而過。前列着鄒淵、鄒潤，次分着李立、李雲。韓滔、彭玘顯精神，薛永、施恩逞猛烈。單廷珪皂袍閃爍，魏定國紅甲光輝。宣贊緊對郝思文，凌振相隨神算子。黄信左朝孫立，歐鵬右向鄧飛。鮑旭、樊瑞仗雙鋒，郭盛、吕方持畫戟。紗巾吏服，左手下鐵面孔目裴宣；烏帽儒衣，右手下聖手書生蕭讓。絲韁玉勒，山東豪杰宋公明；畫鐙雕鞍，河北英雄盧俊義。吴加亮綸巾羽扇，公孫勝鶴氅道袍。豹子頭與關勝連鞍，呼延灼同秦明共轡。花榮相連楊志，索超緊對董平。魯智深烈火袈裟，武行者香皂直裰。柴進與李應相隨趁，楊雄共石秀并肩行。徐寧不離張清，劉唐緊隨史進。朱仝與雷横作伴，燕青和戴宗同行。李逵居左，穆弘在右。諸阮内阮二爲尊，兩張内李俊居長。陶宗旺共鄭天壽爲雙，王矮虎與一丈青作配。項充、李衮，宋萬、杜遷。菜園子相對小尉遲，孫二娘緊隨顧大嫂。後面有蔡福、蔡慶、陳達、楊春，前頭列童威、童猛、侯健、孟康。燕順、楊林，對對挨肩；穆春、曹正，雙雙接踵。朱貴對連朱富，周通相接李忠。左有玉臂匠，右有鐵笛仙。宋清相接樂和，焦挺追陪石勇。湯隆共杜興作伴，得孫與龔旺同行。王定六面目狰獰，鬱保四身軀長大。時遷乖覺，白勝高强。段景住馬上超群，隨後有三人壓陣。安道全身披素服，皇甫端胸拂紫髯。神機朱武在中間，馬上隨軍全樂部。護國旗盤旋瑞氣，順天旗招颭祥雲。重重鎧甲爍黄金，對對錦袍盤軟翠。有如帝釋，引天男天女下天宫；渾似海神，共龍子龍孫離洞府。

且説道君天子，同百官在宣德樓上，看了梁山泊宋江等這一行部從，喜動龍顔，心中大悦。與百官道：『此輩好漢真英雄也！』觀看嘆羡不已。命殿頭官傳旨，教宋江等各换御賜錦袍見帝。殿頭官領命，傳與宋江等。向東華門外，脱去戎裝慣帶，各穿御賜紅緑錦袍，懸帶金銀牌面，各帶朝天巾幘，抹緑朝靴。惟公孫勝將紅錦裁成道袍，魯智深縫做僧衣，武行者改作直裰，皆不忘君賜也。宋江、盧俊義爲首，吴用、公孫勝爲次，引領衆人，從東華門而入。祇見儀禮司整肅朝儀，陳設鑾駕。當日辰牌時候，天子駕升文德殿。儀禮司郎官引宋江等依次入朝，排班行禮。殿頭官贊拜舞起居，山呼萬歲已畢，天子欣喜，敕令宣上文德殿來。照依班次賜坐。命排御筵，敕光禄寺排宴，良醞署進酒，珍羞署進食，掌醢署造飯，大官署供膳，教坊司奏樂。天子親御寶座陪宴宋江等。祇見：

九重門啓，鳴噦噦之鸞聲；閶闔天開，睹巍巍之龍衮。當重熙累洽之日，致星曜降附之時。光禄珍羞具陳，大官水陸畢集。銷金御帳，上有舞鶴飛鸞；織錦圍屏，中畫盤龍走鳳。合殿金花紫翠，滿庭錦綉綺羅。樓臺寶座千層玉，案桌龍床一塊金。筵開玳瑁，七寶器黄金嵌就；爐列麒麟，百和香龍腦修成。玻璃盞間琥珀鐘，瑪瑙杯

聯珊瑚斝。赤瑛盤内，高堆麟脯鸞肝；紫玉碟中，滿飣駝蹄熊掌。桃花湯潔，縷塞北之黄羊；銀絲膾鮮，剖江南之赤鯉。黄金盞滿泛香醪，紫霞杯灧浮瓊液。寶瓶中金菊對芙蓉，争妍競秀；玉沼内芳蘭和菡萏，薦馥呈芬。翠蓮房掩映寶珠榴，錦帶羹相稱胡麻飯。五俎八簋，百味庶羞。黄橙緑橘，合殿飄香。雪藕冰桃，盈盤沁齒。糖澆就甘甜獅仙，面制成香酥定勝。四方珍果，盤中色色絶新鮮；諸郡佳肴，席上般般皆奇异。方當進酒五巡，正是湯陳三獻。教坊司鳳鸞韶舞，禮樂司排長伶官。朝鬼門道，分明開説。頭一個裝外的，黑漆幞頭，有如明鏡。描花羅襴，儼若生成。雖不比持公守正，亦能辨律吕宫商。第二個戲色的，系離水犀角腰帶，裹紅花緑葉羅巾。黄衣襴長襯短靿靴，彩袖襟密排山水樣。第三個末色的，裹結絡球頭帽子，着絁役迭勝羅衫。最先來提掇甚分明，念幾段雜文真罕有。説的是敲金擊玉叙家風；唱的是風花雪月梨園樂。第四個净色的，語言動衆，顔色繁過。開呵公子笑盈腮，舉口王侯歡滿面。依院本填腔調曲，按格範打諢發科。第五個貼净的，忙中九伯，眼目張狂。隊額角塗一道明創，劈門面搭兩色蛤粉。裹一頂油油膩膩舊頭巾，穿一領刺刺塌塌潑戲襖。吃六棒枒板不嫌疼，打兩杖麻鞭渾是耍。這五人引領着六十四回隊舞優人，百二十名散做樂工，搬演雜劇，裝孤打攛。個個青巾桶帽，人人紅帶花袍。吹龍笛，擊鼉鼓，聲震雲霄；彈錦瑟，撫銀筝，韵驚魚鳥。悠悠音調繞梁飛，濟濟舞衣翻月影。吊百戲衆口喧嘩，縱諧語齊聲喝采。妝扮的是太平年萬國來朝，雍熙世八仙慶壽；搬演的是玄宗夢游廣寒殿，狄青夜奪昆侖關。也有神仙道辦，亦有孝子順孫。觀之者真可堅其心志，聽之者足以養其性情。須臾間，八個排長簇擁着四個金翠美人，歌舞雙行，吹彈并舉。歌的是《朝天子》、《賀聖朝》、《感皇恩》、《殿前歡》，治世之音；舞的是《醉回回》、《活觀音》、《柳青娘》、《鮑老兒》，淳正之態。歌喉似新鶯宛轉，舞腰如細柳牽風。當殿上魚水同歡，君臣共樂。果然道：百寶妝腰帶，珍珠絡臂鞲；笑時花近眼，舞罷錦纏頭。大宴已成，衆樂齊舉。主上無爲千萬壽，天顔有喜萬方同。

有詩爲證：

堯舜垂衣四惡摧，宋皇端拱叛臣歸。九重鳳闕新開宴，十載龍墀舊賜衣。蓋世功名須早進，矢心忠義莫相違。
乾坤好作奇男子，珍重詩章足佩韋。

且說天子賜宋江等筵宴，至暮方散。謝恩已罷，宋江等俱各簪花出內。在西華門外，各各上馬，回歸本寨。次日入城，禮儀司引至文德殿謝恩。喜動龍顏，天子欲加官爵，敕令宋江等來日受職。宋江等謝恩出內回寨，不在話下。又說樞密院官具本上奏：『新降之人，未效功勞，不可輒便加爵。可待日後征討，建立功勳，量加官賞。現今數萬之衆，逼城下寨，甚爲不宜。陛下可將宋江等所部軍馬，原是京師有被陷之將，仍還本處。外路軍兵，各歸原所。其餘之衆，分作五路。山東、河北，分調開去。此爲上策。』次日，天子命御駕指揮使，直至宋江營中，口傳聖旨：『宋江等分開軍馬，各歸原所。』衆頭領聽的，心中不悅。回道：『我等投降朝廷，都不曾見些官爵，便要將俺弟兄等分遣調開。俺等衆頭領生死相隨，誓不相捨。端的要如此，我們祇的再回梁山泊去！』宋江急忙止住。遂用忠言懇求來使，煩乞善言回奏。那指揮使回到朝廷，那裏敢隱蔽，祇得把上項所言，奏聞天子。天子大驚，急宣樞密院官。奏道：『這廝們雖降朝廷，其心不改，終貽大患。以臣愚意，不若陛下傳旨，賺入京城，將此一百八人盡數剿除。然後分散他的軍馬，以絕國家之患。』天子聽罷，聖意沉吟未決。向那御屏風背後，轉出一大臣，紫袍象簡，高聲喝道：『四邊狼烟未息，中間又起禍胎，都是汝等忘家敗國之臣，壞了聖朝天下！』正是：

祇憑立國安邦口，來救驚天動地人。

畢竟御屏風後喝的那員大臣是誰，且聽下回分解。

第八十三回 宋公明奉詔破大遼 陳橋驛滴泪斬小卒

話說當年有大遼國王，起兵前來侵占山後九州邊界。兵分四路而入，劫擄山東、山西，搶掠河南、河北。各處州縣，申達表文，奏請朝廷求救。先經樞密院，然後得到御前。所有樞密童貫同太師蔡京，太尉高俅、楊戩，商議納下表章不奏。祇是行移鄰近州府，催攢各處，徑調軍馬，前去策應。正如擔雪填井一般。此事人皆盡知，祇瞞着天子一個。適來四個賊臣設計，教樞密童貫啓奏，將宋江等衆，要行陷害。不期那御屏風後轉出一員大臣來喝住。正是殿前都太尉宿元景。便向殿前啓奏道：『陛下！宋江這伙好漢方始歸降，百單八人，恩同手足，意若同胞。他們決不肯便拆散分開，雖死不捨相離。如何今又要害他衆人性命！此輩好漢，智勇非同小可。倘或城中翻變起來，將何解救？如之奈何？現今遼國興兵十萬之衆，侵占山後九州所屬縣治，各處申達表文求救，累次調兵前去征剿交鋒，如湯潑蟻。賊勢浩大，所遣官軍，又無良策可退，每每祇是折兵損將。惟瞞陛下不奏。以臣愚見，正好差宋江等全伙良將，部領所屬軍將人馬，直抵本境，收伏遼國之賊。令此輩好漢建功進用，于國實有便益。微臣不敢自專，乞請聖鑒。』天子聽罷宿太尉所奏，龍顏大喜。巡問衆官，俱言有理。天子大罵樞密院童貫等官：『都是汝等讒佞之徒，誤國之輩，妒賢嫉能，閉塞賢路，飾詞矯情，壞盡朝廷大事！姑恕情罪，免其追問。』天子親書詔敕，賜宋江爲破遼都先鋒。其餘諸將，待建功加官受爵。就差太尉宿元景，親賫詔敕，去宋江軍前行營開讀。天子朝退，百官皆散。

且說宿太尉領了聖旨出朝，徑到宋江行寨軍前開讀。宋江等忙排香案，拜謝君恩，開讀詔敕已罷，衆皆大喜。宋江等拜謝宿太尉道：『某等衆人，正欲如此與國家出力，立功立業，以爲忠臣。今得太尉恩相力賜保奏，恩同父母。祇有梁山泊晁天王靈位，未曾安厝。亦有各家老小家眷，未曾發送還鄉。所有城垣，未曾拆毀。戰船亦未曾將來。有煩恩相題奏，乞降聖旨，寬限旬日，還山了此數事，整頓器具槍刀甲馬，便當盡忠報國。』宿太尉聽罷大喜，回奏天子，即降聖旨，敕賜庫内取金一千兩，銀五千兩，彩緞五千匹，頒賜衆將。就令太尉于庫藏關支，去行營俵散與衆將，原有老小者，賞賜給付與老小，養膳終身。原無老小者，給付本身，自行收受。宋江奉敕謝恩已畢，給散衆人收訖。宿太尉回朝，分付宋江道：『將軍還山，可速去快來。先使人報知下官，不可遲誤。』

再說宋江聚衆商議，所帶還山人數是誰。宋江與同軍師吴用、公孫勝、林沖、劉唐、杜遷、宋萬、朱貴、宋清、阮家三弟兄，馬步水軍一萬餘人回去。其餘大隊人馬，都隨盧先鋒在京師屯扎。宋江與吴用、公孫勝等，于路無話。回到梁山泊忠義堂上坐下，便傳將令，教各家老小眷屬，收拾行李，準備起程。一面叫宰殺猪羊牲口，香燭錢馬，祭獻晁天王。然後焚化靈牌，做個會衆的筵席，管待衆將。隨即將各家老小，各各送回原所州縣，上車乘馬，俱已去了。然後教自家莊客，送老小宋太公并家眷人口，再回鄆城縣宋家村，復爲良民。隨即叫阮家三弟兄，揀選合用船隻。其餘不堪用的小船，盡行給散與附近居民收用。山中應有屋宇房舍，任從居民搬拆。三關城垣，忠義等屋，盡行拆毁。一應事務，整理已了，收拾人馬，火速還京。

一路無話，早到東京。盧俊義等接至大寨。先使燕青入城，報知宿太尉。要辭天子，引領大兵起程。宿太尉見報，入内奏知天子。次日，引宋江于武英殿朝見。天子龍顔欣悦，賜酒已罷，玉音問道：『卿等休辭道途跋涉，軍馬驅馳，與寡人征虜破遼，早奏凱歌而回。朕當重加録用。其衆將校，量功加爵，卿勿怠焉！』宋江叩頭稱謝，端簡啓奏：『臣乃鄙猥小吏，誤犯刑典，流遞江州，醉後狂言，臨刑弃市。衆力救之，無處逃避。遂乃騧身水泊，苟延微命。所犯罪惡，萬死難逃。今蒙聖上寬恤收録，大敷曠蕩之恩，得蒙赦免本罪。臣披肝瀝膽，尚不能補報皇上之恩。今奉詔命，敢不竭力盡忠，死而後已！』天子大喜，再賜御酒，教取描金鵲畫弓箭一副，名馬一匹，全副鞍轡，寶刀一口，賜與宋江。宋江叩首謝恩，辭陛出内。將領天子御賜寶刀鞍馬弓箭，就帶回營。傳令諸軍將校，準備起行。

且說徽宗天子次早令宿太尉傳下聖旨，教中書省院官二員，就陳橋驛與宋江先鋒犒勞三軍。每名軍士酒一瓶，肉一斤，對衆關支，毋得克減。中書省得了聖旨，一面連更曉夜，整頓酒肉，差官二員，前去給散。

再說宋江傳令諸軍，便與軍師吴用計議，將軍馬分作二起進程。令五虎八彪將，引軍先行。十驃騎將在後。宋江、盧俊義、吴用、公孫勝，統領中軍。水軍頭領三阮、李俊、張横、張順，帶領童威、童猛、孟康、王定六并水手頭目人等，撑駕戰船，自蔡河内出黄河，投北進發。宋江催趲三軍，取陳橋驛大路而進。號令軍將，毋得動擾鄉民。有詩爲證：

招摇旌旆出天京，受命專師事遠徵。虎視龍驤從此去，區區北虜等閑平。

且說中書省差到二員廂官，在陳橋驛給散酒肉，賞勞三軍。誰想這伙官員，貪濫無厭，徇私作弊，克減酒肉。都是那等讒佞之徒，貪愛賄賂的人，却將御賜的官酒，每瓶克減衹有半瓶，肉一斤，克減六兩。前隊軍馬，盡行給散過了。後軍散到一隊皂軍之中，都是頭上黑盔，身披玄甲，却是項充、李衮所管的牌手。那軍漢中一個軍校，接得酒肉過來看時，酒衹半瓶，肉衹十兩，指着廂官罵道：『都是你這等好利之徒，壞了朝廷恩賞！』廂官喝道：『我怎得是好利之徒？』那軍校道：『皇帝賜俺一瓶酒，一斤肉，你都克減了。不是我們争嘴，堪恨你這厮們無道理！佛面上去刮金！』廂官罵道：『你這大膽！剮不盡殺不絶的賊！梁山泊反性尚不改！』軍校大怒，把這酒和肉劈臉都打將去。廂官喝道：『捉下這個潑賊！』那軍校就團牌邊掣出刀來。廂官指着手大罵道：『腌臢草寇，拔刀敢殺誰！』軍校道：『俺在梁山泊時，强似你的好漢，被我殺了萬千。量你這等贓官，何足道哉！』廂官喝道：『你敢殺我？』那軍校走入一步，手起一刀飛去，正中廂官臉上剁着，撲地倒了。衆人發聲喊，都走了。那軍漢又趕將入來，再剁了幾刀，眼見的不能夠活了。衆軍漢簇住了不行。

當下項充、李衮飛報宋江。宋江聽得大驚，便與吴用商議：『此事如之奈何？』吴學究道：『省院官甚是不喜我等，今又做出這件事來，正中了他的機會。衹可先把那軍校斬首號令，一面申復省院，勒兵聽罪。急急可叫戴宗、燕青悄悄進城，備細告知宿太尉。煩他預先奏知委曲，令中書省院讒害不得，方保無事。』宋江計議定了，飛馬親到陳橋驛邊。那軍校立在死尸邊不動。宋江自令人于館驛內，搬出酒肉，賞勞三軍。都教進前，却喚這軍校直到館驛中，問其情節。那軍校答道：『他千梁山泊反賊，萬梁山泊反賊，罵俺們殺剮不盡，因此一時性起殺了他，專待將軍聽罪。』宋江道：『他是朝廷命官，我兀自懼他，你如何便把他來殺了？須是要連累我等衆人。俺如今方始奉詔去破大遼，未曾見尺寸之功，倒做下這等的勾當，如之奈何？』那軍校叩首伏死。宋江哭道：『我自從上梁山泊以來，大小兄弟，不曾壞了一個。今日一身入官，事不由我，當守法律。雖是你强氣未滅，使不得舊時性格。』這軍校道：『小人衹是伏死。』宋江令那軍校痛飲一醉，教他樹下縊死。却斬頭來號令。將廂官尸首，備棺椁盛貯，然後動文書申呈中書省院。院官都已知了，不在話下。

再説戴宗、燕青騗地進城，徑到宿太尉府内，備細訴知衷情。當晚，宿太尉入内，將上項事務奏知天子。次日，皇上于文德殿設朝，當有中書省院官出班啓奏：『新降將宋江部下兵卒，殺死省院差去監散酒肉命官一員，乞聖旨拿問。』天子曰：『寡人待不委你省院來，事却該你這衙門！蓋因委用不得其人，以致惹起事端。賞軍酒肉，必然大破小用。梁山軍士虚受其名，以致如此。』省院等官又奏道：『御酒之物，誰敢克減！』是時天威震怒，喝道：『寡人已自差人暗行體察，深知備細。爾等尚自巧言令色，對朕支吾！寡人御賜之酒，一瓶克減半瓶，賜肉一斤，衹有十兩。以致壯士一怒，目前流血！』天子喝問：『正犯安在？』省院官奏道：『宋江已自將本犯斬首號令示衆，申呈本院，勒兵聽罪。』天子曰：『他既斬了正犯軍士，待報聽罪。宋江禁治不嚴之罪，權且紀録。待破遼回日，量功理會。』省院官默然無言而退。天子當時傳旨，差官前去催督宋江提兵前去。所殺軍校，就于陳橋驛梟首示衆。

却説宋江正在陳橋驛勒兵聽罪，衹見駕上差官來到，着宋江等進兵征遼。違犯軍校，梟首示衆。宋江謝恩已畢，

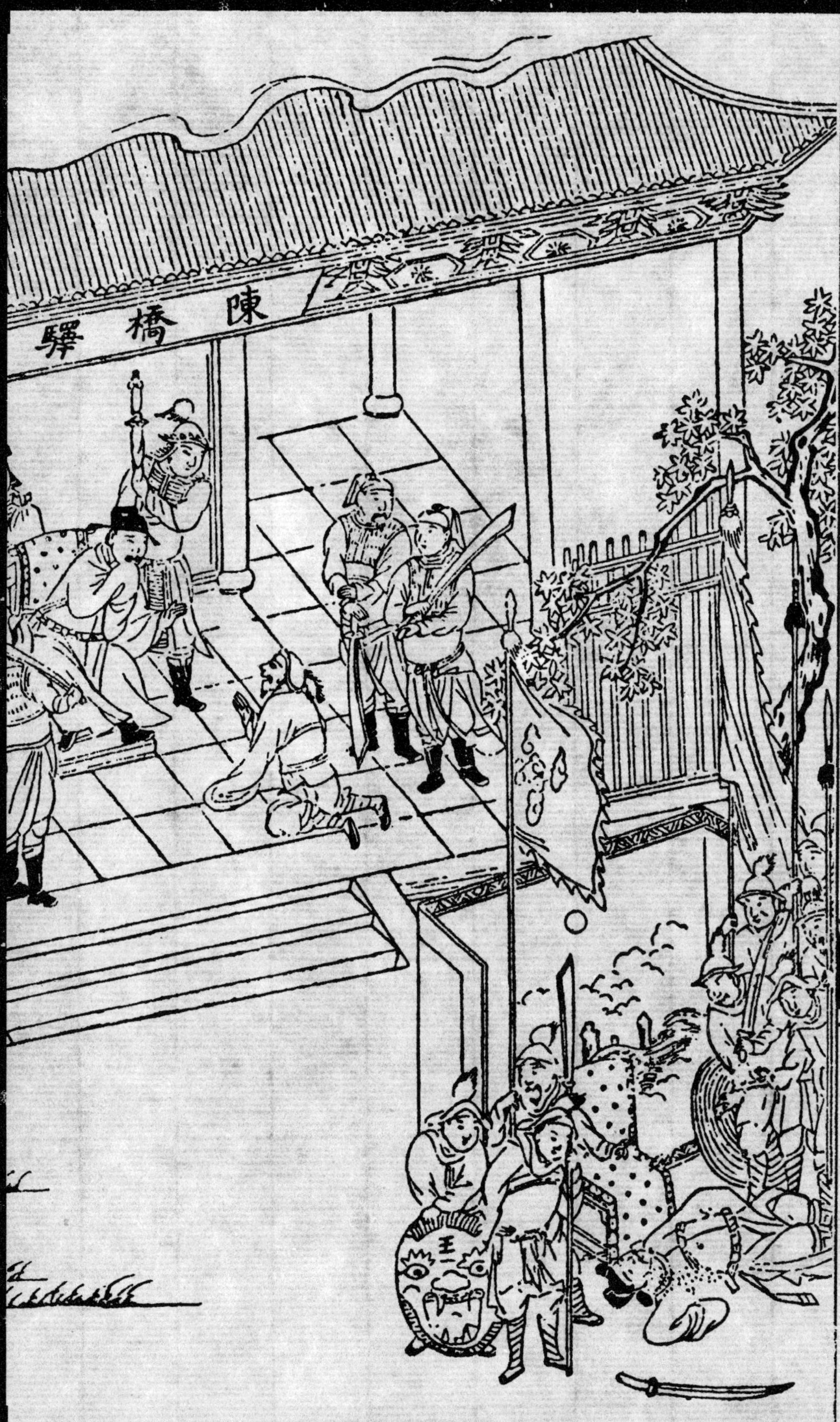

將軍校首級挂于陳橋驛號令，將尸埋了。宋江大哭一場，垂泪上馬，提兵望北而進。每日兵行六十里，扎營下寨。所過州縣，秋毫無犯。沿路無話。將次相近大遼境界，宋江便請軍師吴用商議道：『即日遼兵分作四路，侵犯大宋州郡。我等分兵前去征討的是，衹打城池的是？』吴用道：『若是分兵前去，奈緣地廣人稀，首尾不能救應。不如衹是打他幾個城池，却再商量。若還攻擊的緊，他自然收兵。』宋江道：『軍師此計甚高。』隨即唤過段景住來分付道：『你走北路甚熟，你可引領軍馬前進。近的是甚州縣？』段景住禀道：『前面便是檀州，正是遼國緊要隘口。有條水路，港汊最深，唤做潞水，團團繞着城池。這潞水直通渭河，須用戰船征進。宜先趲水軍頭領船隻到了，然後水陸并進，船騎相連，可取檀州。』宋江聽罷，便使戴宗催趲水軍頭領李俊等，曉夜趲船至潞水取齊。

却説宋江整點人馬水軍船隻，約會日期，水陸并行，殺投檀州來。且説檀州城内守把城池番官，却是遼國洞仙侍郎。手下四員猛將，一個唤做阿裏奇，一個唤做咬兒惟康，一個唤做楚明玉，一個唤做曹明濟。此四員戰將，皆有萬夫不當之勇。聞知宋朝差宋江全伙到來，一面寫表申奏郎主，一面關報鄰近薊州、霸州、涿州、雄州求救，一面調兵出城迎敵。便差阿裏奇、楚明玉兩個，引兵三萬，辭了總兵侍郎，領兵出戰。

且説大刀關勝在于前部先鋒，引軍殺近檀州所屬密雲縣來。縣官聞的，飛報與兩個番將，説道：『宋朝軍馬大張旗號，乃是梁山泊新受招安宋江這伙。』阿裏奇聽了，笑道：『既是這伙草寇，何足道哉！』傳令教番兵扎掂已了，來日出密雲縣與宋江交鋒。

次日宋江聽報遼兵來近，即時傳令諸軍將士：『首先交鋒，要看個頭勢，休要失支脱節。』衆將得令，欣然披挂上馬。宋江、盧俊義俱各戎裝擐帶，親在軍前監戰，遠遠望見遼兵蓋地而來，黑洞洞地遮天蔽地，都是皂雕旗。兩下齊把弓弩射住陣脚。衹見對陣皂旗開處，正中間捧出一員番將，騎着一匹達馬，彎環踢跳。宋江看那番將時，怎生打扮？但見：

戴一頂三叉紫金冠，冠口内拴兩根雉尾。穿一領襯甲白羅袍，袍背上綉三個鳳凰。披一副連環鑌鐵鎧，系一條嵌寶獅蠻帶，着一對雲根鷹爪靴，挂一條護項銷金帕，帶一張雀畫鐵胎弓，懸一壺雕翎鈚子箭。手搭梨花點鋼槍，坐騎銀花拳花馬。

那番官旗號上寫的分明：『大遼戰將阿裏奇。』宋江看了，與諸將道：『此番將不可輕敵。』言未絶，金槍手徐寧出戰，横着鈎鐮槍，驟坐下馬，直臨陣前。番將阿裏奇見了，大駡道：『宋朝合敗，命草寇爲將！敢來侵犯大國，尚不知死！』徐寧喝道：『辱國小將，敢出穢言！』兩軍吶喊，徐寧與阿裏奇搶到垓心交戰。兩馬相逢，手中兵器并舉。二將鬥不過三十餘合，徐寧敵不住番將，望本陣便走。花榮急取弓箭在手。那番將正趕將來，張清又早按住鞍轎，探手去錦袋内取個石子，看着番將較親，照面門上衹一石子。却似流星飛墜，弩箭離弦，正中阿裏奇左眼，翻筋斗落于馬下。這裏花榮、林沖、秦明、索超四將齊出，先搶了那匹好馬，活捉了阿裏奇歸陣。副將楚明玉見折了阿裏奇，急要向前去救時，被宋江大隊軍馬前後掩殺將來，就弃了密雲縣，大敗虧輸，奔檀州來。宋江且不追趕，就在密雲縣屯扎下營。看番將阿裏奇時，打破眉梢，損其一目，負痛身死。宋江傳令，教把番官尸骸燒化，功績簿上標寫張清第一功。就將阿裏奇連環鑌鐵鎧、出白梨花槍、嵌寶獅蠻帶、銀色拳花馬，并靴袍弓箭，都賜了張清。是日，且就密雲縣中，衆皆作賀，設宴飲酒，不在話下。

次日，宋江升帳，傳令起軍，調兵遣將，都離密雲縣，直抵檀州來。却説檀州洞仙侍郎，聽的報來，折了一員主將，堅閉城門，不出迎敵。又聽的報有水軍戰船在于城下，遂乃引衆番將上城觀看。衹見宋江陣中猛將，摇旗吶喊，耀武揚威，搦戰厮殺。洞仙侍郎見了，説道：『似此，怎不輸了小將軍阿裏奇！』當下副將楚明玉答應道：『小將軍那裏是輸與那厮！蠻兵先輸了，俺小將軍趕將過去，被那裏一個穿緑的蠻子一石子打下馬去。那厮隊裏四個蠻子四條槍，便來攢住了。俺這壁廂措手不及，以此輸與他了。』洞仙侍郎道：『那個打石子的蠻子怎地模樣？』左右有認得的，指着説道：『城下兀那個帶青包巾，現今披着小將軍的衣甲，騎着小將軍的馬，那個便是。』洞仙侍郎攀着女墻邊看時，衹見張清已自先見了，趲馬向前，衹一石子飛來。左右齊叫一聲躲時，那石子早從洞仙侍郎耳根邊擦過，把耳輪擦了一片皮。洞仙侍郎負疼道：『這個蠻子直這般利害！』下城來一面寫表申奏大遼郎主，一面行報外境各州提備。

却説宋江引兵在城下，一連打了三五日，不能取勝。再引軍馬回密雲縣屯住。帳中坐下，計議破城之策。衹見戴宗報來，取到水軍頭領，乘駕戰船，都到潞水。宋江便喚李俊等到中軍商議，着戴宗傳令下去。李俊等都到密雲縣中，帳前參見宋江。宋江道：『今次厮殺，不比在梁山泊時，可要先探水勢深淺，然後方可進兵。我看這條潞水，水勢甚急，倘或一失，難以救應。爾等可宜仔細，不可托大。將船衹蓋伏的好着，衹扮作運糧船相似。你等頭領各帶暗器，潛伏于船内。止着三五人撑駕摇櫓，岸上着兩個挂拽，一步步捱到城下，把船泊在兩岸，待我這裏進兵。城中知道，必開水門來搶糧船。爾等伏兵却起，奪他水門，可成大功。』李俊等聽令去了。衹見探水小校報道：『西北上有一彪軍馬，卷殺而來，都打着皂雕旗，約有一萬餘人，望檀州來了。』吴用道：『必是遼國調來救兵。我這裏先差幾將攔截厮殺，殺的散時，免令城中得他壯膽。』宋江便差張清、董平、關勝、林沖，各帶十數個小頭領，五千軍馬，飛奔前來。

原來大遼郎主聞知，説是梁山泊宋江這伙好漢，領兵殺至檀州，圍了城子，特差這兩個皇侄，前來救應。一個唤做耶律國珍，一個唤做耶律國寶。兩個乃是遼國上將，又是皇侄，皆有萬夫不當之勇。引起一萬番軍，來救檀州。看看至近，迎着宋兵。兩邊擺開陣勢，兩員番將一齊出馬，都一般打扮。但見：

頭戴妝金嵌寶三叉紫金冠，身披錦邊珠嵌鎖子黄金鎧。身上猩猩血染戰紅袍，袍上斑斑錦織金翅雕。腰系白玉帶，背插虎頭牌。左邊袋内插雕弓，右手壺中攢硬箭。手中搭丈二綠沉槍，坐下騎九尺銀鬃馬。

那番將是弟兄兩個，都一般打扮，都一般使槍。宋兵迎着，擺開陣勢。雙槍將董平出馬，厲聲高叫：『來者甚處番官？』那耶律國珍大怒，喝道：『水窪草寇，敢來犯吾大國，倒問俺那裏來的！』董平也不再問，躍馬挺槍直搶耶律國珍。那番官年少的將軍，氣性正剛，那裏肯饒人一步，挺起鋼槍直迎過來。二馬相交，三槍亂舉。二將正在征塵影裏，殺氣叢中，使雙槍的另有槍法，使單槍的各有神機。兩個鬥過五十合，不分勝敗。那耶律國寶見哥哥戰了許多時，恐怕力怯，就中軍篩起鑼來。耶律國珍正鬥到熱處，聽的鳴鑼，急要脱身，被董平兩條槍絞住，那裏肯放。耶律國珍此時心忙，槍法慢了些，被董平右手逼過綠沉槍，使起左手槍來，望番將項根上衹一槍，搠個正着。可憐耶律國珍金冠倒卓，兩脚登空，落于馬下。兄弟耶律國寶看見哥哥落馬，便搶出陣來，一騎馬一條槍，奔來救取。宋兵陣上，没羽箭張清見他過來，這裏那得放空，在馬上約住梨花槍，探隻手去錦袋内拈出一個石子。那石子百發百中。把馬一拍，飛出陣前。説時遲，那時快，這耶律國寶飛也似來，張清迎頭撲將去，兩騎馬隔不的十來丈遠近。番將不提防，衹道他來交戰。衹見張清手起，喝聲道：『着！』那石子望耶律國寶面上打個正着，翻筋斗落馬。關勝、林沖擁兵掩殺，遼兵無主，東西亂攛，衹一陣殺散遼兵萬餘人馬。把兩個番官全副鞍馬，兩面金牌，收拾寶冠袍甲，仍割下兩顆首級。當時奪了戰馬一千餘匹，解到密雲縣來，見宋江獻納。宋江大喜，賞勞三軍，書寫董平、張清第二功，等打破檀州一并申奏。

宋江與吴用商議，到晚寫下軍帖，差調林沖、關勝引領一彪軍馬，從西北上去取檀州。再調呼延灼、董平也引一彪軍馬，從東北上進發。却教盧俊義引一彪軍馬，從西南上取路進兵。『我等中軍，從東南上進發。衹聽的炮響，一齊進發。』却差炮手凌振、黑旋風李逵、混世魔王樊瑞、喪門神鮑旭，并牌手項充、李衮，將帶滚牌軍一千餘人，直至城下，施放號炮。至二更爲期，水陸并進。各路軍兵，都要厮應。號令已下，諸軍各準備取城。

且說洞仙侍郎正在檀州堅守，專望救兵到來。却有皇侄敗殘人馬，逃命奔入城中，備細告說：『兩個皇侄大王，耶律國珍被個使雙槍的害了，耶律國寶被個戴青包巾的使石子打下馬來拿去。』洞仙侍郎跌脚罵道：『又是這蠻子！不爭損了二位皇侄，教俺有甚面目去見郎主！拿住那個青包巾的蠻子時，碎碎的割那廝。』至晚，番兵報洞仙侍郎道：『潞水河内有五七百隻糧船泊在兩岸，遠遠處又有軍馬來也。』洞仙侍郎聽了道：『那蠻子不識俺的水路，錯把糧船直行到這裏。岸上人馬一定是來尋糧船。』便差三員番將楚明玉、曹明濟、咬兒惟康前來分付道：『那宋江等蠻子，今晚又調許多人馬來也。却有若 糧船在俺河裏，可教咬兒惟康引一千軍馬出城衝突，却教楚明玉、曹明濟開放水門，從緊溜裏放船出去，三停之内，截他二停糧船也好，便是汝等幹大功也。』不知成敗何如，有詩爲證：

妙算從來迥不同，檀州城下列艨艟。侍郎不識兵家意，反自開門把路通。

再說宋江人馬，當晚黄昏左側，李逵、樊瑞爲首，將引步兵，在城下大罵番人。洞仙侍郎叫咬兒惟康催趲軍馬，出城衝殺。城門開處，放下吊橋，遼兵出城。却說李逵、樊瑞、鮑旭、項充、李衮五個好漢，引一千步軍，盡是悍勇刀牌手，就吊橋邊衝住，番軍人馬那裏能夠出的城來。凌振却在軍中搭起炮架，準備放炮，衹等時候來到。由他城上放箭，自有牌手左右遮抵着。鮑旭却在後面吶喊，雖是一千餘人，却有萬餘人的氣象。洞仙侍郎在城中見軍馬衝突不出，急叫楚明玉、曹明濟開了水門搶船。此時宋江水軍頭領，都已先自伏在船中準備，未曾動彈。見他水門開了，一片片絞起閘板，放出戰船來。凌振得了消息，便先點起一個風火炮來。炮聲響處，兩邊戰船厮迎將來，抵敵番船。左邊踴出李俊、張横、張順，摇動戰船殺來；右邊踴出阮家三弟兄，使着戰船，殺入番船隊裏。番將楚明玉、曹明濟見戰船踴躍而來，抵敵不住，料道有埋伏軍兵，急待要回船，早被這裏水手軍兵都跳過船來，衹得上岸而走。宋江水軍那六個頭領，先搶了水門。管門番將，殺的殺了，走的走了，這楚明玉、曹明濟各自逃生去了。水門上預先一把火起，凌振又放一個車箱炮來，那炮直飛在半天裏響。洞仙侍郎聽的火炮連天聲響，嚇的魂不附體。李逵、樊瑞、鮑旭引領牌手項充、李衮等衆，直殺入城。洞仙侍郎和咬兒惟康在城中看見城門已都被奪下，又見四路宋兵人馬一齊都殺到來，衹得上馬，弃了城池，出北門便走。未及二里，正撞着大刀關勝、豹子頭林沖兩員上將攔住去路。洞仙侍郎怎生奈何，衹得教咬兒惟康到此迎敵。正是：天羅密布難移步，地網高張怎脱身？

畢竟洞仙侍郎怎生脱身，且聽下回分解。

第八十四回　宋公明兵打薊州城　盧俊義大戰玉田縣

話説洞仙侍郎見檀州已失，祇得奔走出城，同咬兒惟康保護而行，正撞着林沖、關勝大殺一陣，那裏有心戀戰，望刺斜裏死命撞出去。關勝、林沖要搶城子，也不來追趕，且奔入城。

却説宋江引大隊軍馬入檀州，趕散番軍，一面出榜安撫百姓軍民，秋毫不許有犯。傳令教把戰船盡數收入城中。一面賞勞三軍，及將在城遼國所用官員，有姓者仍前委用，無姓番官盡行發遣出城，還于沙漠。一面寫表申奏朝廷，得了檀州。盡將府庫財帛金寶，解赴京師。寫書申呈宿太尉，題奏此事。

天子聞奏，龍顔大喜，隨即降旨，欽差樞密院同知趙安撫，統領二萬御營軍馬，前來監戰。却説宋江等聽的報來，引衆將出郭遠遠迎接，入到檀州府内歇下，權爲行軍帥府。諸將頭目盡來參見，施禮已畢。原來這趙安撫，祖是趙家宗派，爲人寬仁厚德，作事端方。亦是宿太尉于天子前保奏，特差此人上邊監督兵馬。這趙安撫見了宋江仁德，十分歡喜，説道：『聖上已知你等衆將好生用心，軍士勞苦，特差下官前來軍前監督，就賫賞賜金銀段匹二十五車。但有奇功，申奏朝廷，請降官封。將軍今已得了州郡，下官再當申達朝廷。衆將皆須盡忠竭力，早成大功，班師回京，天子必當重用。』宋江等拜謝道：『請煩安撫相公鎮守檀州，小將等分兵攻取遼國緊要州郡，教他首尾不能相顧。』一面將賞賜依散軍將，一面勒回各路軍馬聽調，攻取大遼州郡。有楊雄禀道：『前面便是薊州相近。此處是個大郡，錢糧極廣，米麥豐盈，乃是遼國庫藏。打了薊州，諸處可取。』宋江聽罷，便請軍師吴用商議。

却説洞仙侍郎與咬兒惟康正往東走，撞見楚明玉、曹明濟，引着些敗殘軍馬，忙忙似喪家之狗，急急如漏網之魚，一同投奔薊州。入得城來，見了御弟大王耶律得重，訴説宋江兵將浩大，内有一個使石子的蠻子十分了得。那石子百發百中，不放一個空，最會打人。兩位皇侄并小將阿裏奇，盡是被他石子打死了。耶律大王道：『既是這般，你且在這裏幫俺殺那蠻子。』説猶未了，祇見流星探馬報將來，説道：『宋江兵分兩路來打薊州，一路殺至平峪縣，

一路殺至玉田縣。』御弟大王聽了，隨即便叫洞仙侍郎，『將引本部軍馬，把住平峪縣口，不要和他厮殺。俺先引兵，且拿了玉田縣的蠻子，却從背後抄將過來，平峪縣的蠻子走往那裏去？』一邊關報霸州、幽州，教兩路軍馬前來接應。

當時御弟大王親引大軍，將帶四個孩兒，飛奔玉田縣來。

且説宋江、盧俊義，各引軍三萬，戰將人馬，各取州縣。宋江引兵前至平峪縣，見前面把住關隘，未敢進兵，就平峪縣西屯住。却説盧俊義引許多戰將，三萬人馬，前到玉田縣，早與遼兵相近。盧俊義便與軍師朱武商議道：『目今與遼兵相接，祇是吴人不識越境，到他地理生疏，何策可取？』朱武答道：『若論愚意，未知他地理，諸軍不可擅進。可將隊伍擺爲長蛇之勢，擊首則尾應，擊尾則首應，擊中則首尾相應，循環無端。如此，則不愁地理生疏。』盧先鋒大喜道：『軍師所言，正合吾意。』遂乃催兵前進，遠遠望見遼兵蓋地而來。怎見的遼兵？但見：

黑霧濃濃至，黄沙漫漫連。皂雕旗展一派烏雲，拐子馬蕩半天殺氣。青氈笠兒，似千池荷葉弄輕風；鐵打兜鍪，如萬頃海洋凝凍日。人人衣襟左掩，個個髮搭齊肩。連環鐵鎧重披，刺納戰袍緊系。番軍壯健，黑面皮碧眼黄鬚；達馬咆哮，闊膀膊鋼腰鐵脚。羊角弓攢沙柳箭，虎皮袍襯窄雕鞍。生居邊塞，長成會拽硬弓；世本朔方，養大能騎劣馬。銅腔羯鼓軍前打，蘆葉胡笳馬上吹。

那御弟大王耶律得重，領兵先到玉田縣，將軍馬擺開陣勢。宋軍中朱武上雲梯看了，下來回報盧先鋒道：『番人布的陣，乃是五虎靠山陣，不足爲奇。』朱武再上將臺看，把號旗招動，左盤右旋，調撥衆軍，也擺一個陣勢。盧俊義看了不識，問道：『此是何陣勢？』朱武道：『此乃是鯤化爲鵬陣。』盧俊義道：『何爲鯤化爲鵬？』朱武道：『北海有魚，其名曰鯤，能化大鵬，一飛九萬里。此陣遠近看，祇是個小陣，若來攻時，一發變做大陣，因此唤做鯤化爲鵬。』盧俊義聽了，稱贊不已。

對陣敵軍鼓響，門旗開處，那御弟大王親自出馬，四個孩兒分在左右，都是一般披挂。但見：

頭戴鐵縵笠戧箭番盔，上拴純黑球纓；身襯寶圓鏡柳葉細甲，系條獅蠻金帶。踏鞍靴半彎鷹嘴，梨花袍錦綉盤龍。各挂强弓硬弩，都騎駿馬雕鞍。腰間盡插錕铻劍，手内齊拿掃帚刀。

中間馬上御弟大王，兩邊左右四個小將軍，身上兩肩胛都懸着小小明鏡，鏡邊對嵌着皂纓，四口寶刀，四騎快馬，齊齊擺在陣前。那御弟大王背後，又是層層擺列，自有許多戰將。那四員小將軍高聲大叫：『汝等草賊，何敢犯吾邊界！』盧俊義聽的，便問道：『兩軍臨敵，那個英雄當先出戰？』説猶未了，祇見大刀關勝舞起青龍偃月刀，争先出馬。那邊番將耶律宗雲，舞刀拍馬來迎關勝。兩個門不上五合，番將耶律宗霖拍馬舞刀便來協助。呼延灼見了，舉起雙鞭，直出迎住厮殺。那兩個耶律宗電、耶律宗雷弟兄，挺刀躍馬，齊出交戰。這裏徐寧、索超各舉兵器相迎。四對兒在陣前厮殺，絞做一團，打做一塊。

正門之間，没羽箭張清看見，悄悄的縱馬趲向陣前。却有檀州敗殘的軍士認的張清，慌忙報知御弟大王道：『這對陣穿緑戰袍的蠻子，便是慣飛石子的。他如今趲馬出陣來，又使前番手段。』天山勇聽了，便道：『大王放心，教這蠻子吃俺一弩箭！』原來那天山勇馬上慣使漆抹弩，一尺來長鐵翎箭，有名唤做一點油。那天山勇在馬上把了事環帶住，趲馬出陣，教兩個副將在前面影射着。三騎馬悄悄直趲至陣前。張清又先見了，偷取石子在手，看着那番將當頭的祇一石子，急叫『着』，却從盔上擦過。那天山勇却閃在這將馬背後，安的箭穩，扣的弦正，覷着張清較親，直射將來。張清叫聲『阿也』，急躲時，射中咽喉，翻身落馬。雙槍將董平、九紋龍史進，將引解珍、解寶，死命去救回。盧先鋒看了，急教拔出箭來，血流不止，項上便束縛兜住。隨即叫鄒淵、鄒潤扶張清上車子，護送回檀州，教神醫安道全調治。

車子却才去了，祇見陣前喊聲又起，報道：『西北上有一彪軍馬飛奔殺來，并不打話，横衝直撞，趕入陣中。』盧俊義見箭射了張清，無心戀戰。四將各佯輸詐敗，退回本陣。四個番將乘勢趕來。西北上來的番軍刺斜裏又殺

將來，對陣的大隊番軍山倒也似踴躍將來，那裏變的陣法？三軍衆將隔的七斷八續，你我不能相救。祇留盧俊義一騎馬一條槍，倒殺過那邊去了。天色傍晚，四個小將軍却好回來，正迎着。盧俊義一騎馬一條槍，力敵四個番將，并無半點懼怯。約門了一個時辰，盧俊義得便處賣個破綻，耶律宗霖把刀砍將入來，被盧俊義大喝一聲，那番將措手不及，着一槍刺下馬去。那三個小將軍各吃了一驚，皆有懼色，無心戀戰，拍馬去了。盧俊義下馬，拔刀割了耶律宗霖首級，拴在馬項下。翻身上馬，望南而行。又撞見一伙遼兵，約有一千餘人。被盧俊義又撞殺入去，遼兵四散奔走。再行不到數里，又撞見一彪軍馬。

此夜月黑，不辨是何處的人馬，祇聽的語音，却是宋朝人説話。盧俊義便問：『來軍是誰？』却是呼延灼答應。盧俊義大喜，合兵一處。呼延灼道：『被遼兵衝散，不相救應。小將撞開陣勢，和韓滔、彭玘直殺到此。不知諸將如何。』盧俊義又説力敵四將，『被我殺了一個，三個走了。次後又撞着一千餘人，亦被我殺散。來到這裏，不想迎着將軍。』兩個并馬，帶着從人，望南而行，不過十數里路，前面早有軍馬攔路。呼延灼道：『黑夜怎地厮殺，待天明决一死戰。』對陣聽的，便問道：『來者莫非呼延灼將軍？』呼延灼認的聲音是大刀關勝，便叫道：『盧頭領在此！』衆頭領都下馬，且來草地上坐下。盧俊義、呼延灼説了本身之事，關勝道：『陣前失利，你我不相救應。我和宣贊、郝思文、單廷珪、魏定國，五騎馬尋條路走，然後收拾的軍兵一千餘人。來到這裏，不識地理，祇在此伏路，待天明却行。不想撞着哥哥。』合兵一處。衆人捱到天曉，迤邐望南再行。將次到玉田縣，見一彪人馬哨路。看時，却是雙槍將董平、金槍手徐寧弟兄們，都扎住玉田縣中，遼兵盡行趕散，説道：『侯健、白勝兩個去報宋公明，祇不見了解珍、解寶、楊林、石勇。』盧俊義教且進兵在玉田縣内，計點衆將軍校，不見了五千餘人，心中煩惱。巳牌時分，有人報道：『解珍、解寶、楊林、石勇，將領二千餘人來了。』盧俊義又唤來問時，解珍道：『俺四個倒撞過去了，深入重地，迷踪失路，急切不敢回轉。今早又撞見遼兵，大殺了一場，方才到的這裏。』

盧俊義叫將耶律宗霖首級于玉田縣號令，撫諭三軍百姓。

未到黃昏前後，軍士們正要收拾安歇，衹見伏路小校來報道：『遼兵不知多少，四面把縣圍了。』盧俊義聽的大驚，引了燕青上城看時，遠近火把有十里厚薄。一個小將軍當先指點，正是耶律宗雲，騎着一匹劣馬，在火把中間催趲三軍。燕青道：『昨日張清中他一冷箭，今日回禮則個。』燕青取出弩子，一箭射去，正中番將鼻凹。番將落馬，衆兵急救。番軍早退五里。

盧俊義縣中與衆將商議：『雖然放了一冷箭，遼兵稍退，天明必來攻圍，裏的鐵桶相似，怎生救解？』朱武道：『宋公明若得知這個消息，必然來救。裏應外合，方可以免難。』衆人捱到天明，望見遼兵四面擺的無縫。衹見東南上塵土起處，兵馬數萬而來。衆將皆望南兵，朱武道：『此必是宋公明軍馬到了。等他收軍齊望南殺去，這裏盡數起兵，隨後一掩。』

且說對陣遼兵，從辰時直圍到未牌，抵當不住，盡數收拾都去。朱武道：『不就這裏追趕，更待何時！』盧俊義當即傳令，開縣四門，盡領軍馬出城追殺。遼兵大敗，殺的星落雲散，七斷八續。遼兵四散敗走。宋江趕的遼兵去遠，到天明鳴金收軍，進玉田縣。盧先鋒合兵一處，訴説攻打薊州。留下柴進、李應、李俊、張橫、張順、阮家三弟兄、王矮虎、一丈青、孫新、顧大嫂、張清、孫二娘、裴宣、蕭讓、宋清、樂和、安道全、皇甫端、童威、童猛、王定六，都隨趙樞密在檀州守御。其餘諸將，分作左右二軍。宋先鋒總領左軍人馬，四十八員：軍師吳用、公孫勝，林沖、花榮、秦明、楊志、朱仝、雷橫、劉唐、李逵、魯智深、武松、楊雄、石秀、黃信、孫立、歐鵬、鄧飛、呂方、郭盛、樊瑞、鮑旭、項充、李衮、穆弘、穆春、孔明、孔亮、燕順、馬麟、施恩、薛永、宋萬、杜遷、朱貴、朱富、凌振、湯隆、蔡福、蔡慶、戴宗、蔣敬、金大堅、段景住、時遷、鬱保四、孟康；盧先鋒總領右軍人馬，三十七員：軍師朱武，關勝、呼延灼、董平、張青、索超、徐寧、燕青、史進、解珍、解寶、韓滔、彭玘、宣贊、郝思文、單廷珪、魏定國、陳達、楊春、李忠、周通、陶宗旺、鄭天壽、龔旺、丁得孫、鄒淵、鄒潤、李立、李雲、焦挺、石勇、侯健、杜興、曹正、楊林、白勝。分兵已罷，作兩路來取薊州。宋先鋒引軍取平峪縣進發，盧俊義引兵取玉田縣進發。趙安撫與二十三將鎮守檀州，不在話下。

且說宋江見軍士連日辛苦，且教暫歇。攻打薊州，自有計較了。先使人往檀州問張清箭瘡如何，神醫安道全使人回話道：『雖然外損皮肉，却不傷内。請主將放心。調理的膿水乾時，自然無事。即目炎天，軍士多病，已稟過趙樞密相公，遣蕭讓、宋清前往東京收買藥餌，就向太醫院關支暑藥。皇甫端亦要關給官局内啖馬的藥材物料，都委蕭讓、宋清去了。就報先鋒知道。』宋江聽的，心中頗喜，再與盧先鋒計較，先打薊州。宋江道：『我未知你在玉田縣受圍時，已自先商量下計了。有公孫勝原是薊州人，楊雄亦曾在那府裏做節級，石秀、時遷亦在那裏住的久遠。前日殺退遼兵，我教時遷、石秀也衹做敗殘軍馬，雜在裏面，必然都投薊州城内住扎。他兩個若入的城中，自有去處。時遷曾獻計道：「薊州城有一座大寺，喚做寶嚴寺。廊下有法輪寶藏，中間大雄寶殿，前有一座寶塔，直聳雲霄。」石秀説道：「我教他去寶藏頂上躲着，每日飯食，我自對付來與他吃。如要水火，直待夜間爬下來净手。衹等城外哥哥軍馬打的緊急時，然後却就寶嚴寺塔上放起火來爲號。」時遷自是個慣飛檐走壁的人，那裏不躲了身子。石秀臨期自去州衙内放火。他兩個商量已定，自去了。我這裏一面收拾進兵。』有詩爲證：

朋計商量破薊州，旌旗蔽日擁貔貅。更將一把硝黃散，黑夜潛焚塔上頭。

次日宋江引兵撇了平峪縣，與盧俊義合兵一處，催起軍馬，徑奔薊州來。

且說御弟大王自折了兩個孩兒，以自懊恨，便向大將寶密聖、天山勇、洞仙侍郎等商議道：『前次涿州、霸州兩路救兵，各自分散前去。如今宋江合兵在玉田縣，早晚進兵來打薊州，似此怎生奈何？』大將寶密聖道：『宋江兵若不來，萬事皆休。若是那伙蠻子來時，小將自出去與他相敵，若不活拿他幾個，這厮們那裏肯退！』洞仙侍郎道：『那蠻子隊有那個穿緑袍的，慣使石子，好生利害，可以提防他。』天山勇道：『這個蠻子已被俺一弩箭射中脖子，多是死了也！』洞仙侍郎道：『除了這個蠻子，别的都不打緊。』正商議間，小校來報：『宋江軍馬殺奔薊州來。』御弟大王連忙整點三軍人馬，火速出城迎敵。離城三十里外，與宋江對敵。

各自擺開陣勢，番將寶密聖橫槊出馬。宋江在陣前見了，便問道：『斬將奪旗，乃見頭功。』說猶未了，衹見豹子頭林沖便出陣前來，與番將寶密聖大戰。兩個鬥了三十餘合，不分勝敗。林沖要見頭功，持丈八蛇矛，鬥到間深裏，暴雷也似大叫一聲，撥過長槍，用蛇矛去寶密聖脖項上刺中一矛，攧下馬去。宋江大喜，兩軍發喊。番將天山勇見刺了寶密聖，橫槍便出。宋江陣裏徐寧挺鈎鐮槍直迎將來。二馬相交，鬥不到二十來合，被徐寧手起一槍，把天山勇攧于馬下。宋江見連贏了二將，心中大喜，催軍混戰。遼兵見折了兩員大將，心中懼怯，望薊州奔走。宋江軍馬趕了十數里，收兵回來。

當日宋江扎下營寨，賞勞三軍。次日傳令，拔寨都起，直抵薊州。第三日，御弟大王見折了二員大將，十分驚慌，又見報道：『宋軍到了。』忙與洞仙侍郎道：『你可引這支軍馬出城迎敵，替俺分憂也好。』洞仙侍郎不敢不依，衹得引了咬兒惟康、楚明玉、曹明濟，領起一千軍馬，就城下擺開。宋江軍馬漸近城邊，雁翅般排將來。門旗開處，索超橫擔大斧，出馬陣前。番兵隊裏，咬兒惟康便搶出陣來。兩個并不打話，二馬相交，鬥到二十餘合，番將終是膽怯，無心戀戰，衹得要走。原來那御弟大王耶律得重在城頭上，看見咬兒惟康鬥不上數合，撥回馬望本陣便走，索超縱馬趕上，雙手輪起大斧，看着番將腦門上劈將下來，把這咬兒惟康腦袋劈做兩半個。洞仙侍郎見了，慌忙叫楚明玉、曹明濟快去策應。這兩個已自八分膽怯，因吃逼不過，兩個衹得挺起手中槍，向前出陣。宋江軍中九紋龍史進見番軍中二將雙出，便舞刀拍馬直取二將。史進逞起英雄，手起刀落，先將楚明玉砍在馬下；這曹明濟急待要走，史進趕上，一刀也砍于馬下。史進縱馬殺入大遼軍陣。宋江見了，鞭梢一指，驅兵大進，直殺到吊橋邊。